蓝星诗库·典藏版

顾城
的诗

顾城 著

POEMS OF
GU CHENG

人民文学出版社

图书在版编目（CIP）数据

顾城的诗/顾城著．—2版．—北京：人民文学出版社，2023（2024.12重印）
（蓝星诗库：典藏版）
ISBN 978-7-02-017774-5

Ⅰ．①顾… Ⅱ．①顾… Ⅲ．①诗集—中国—当代 Ⅳ．①I227

中国国家版本馆CIP数据核字（2023）第025210号

责任编辑 薛子俊 李义洲
装帧设计 陶 雷
责任印制 张 娜

出版发行 人民文学出版社
社 址 北京市朝内大街166号
邮政编码 100705

印 刷 北京盛通印刷股份有限公司
经 销 全国新华书店等

字 数 156千字
开 本 880毫米×1230毫米 1/32
印 张 14.375 插页2
印 数 10001—13000
版 次 1998年3月北京第1版
2010年11月北京第2版
印 次 2024年12月第2次印刷

书 号 978-7-02-017774-5
定 价 59.00元

顾城

1956 — 1993

1956 年生于北京，朦胧诗主要代表人物，被称为中国当代仅有的唯灵浪漫主义诗人。“文革”前即开始诗歌创作。1987 年应邀出访欧美国家，进行文化交流、讲学活动。1988 年赴新西兰任奥克兰大学亚语系研究员。后辞职隐居激流岛。1992 年重访欧美并从事创作活动。留下大量诗文书画作品。主要著作有诗集《黑眼睛》《顾城童话寓言诗选》《顾城诗全集》等，散文集《顾城散文选集》等，小说《英儿》等。作品被翻译为十余种文字出版。

出 版 说 明

新诗百年，现代汉语诗歌的面貌已经焕然一新。为繁荣社会主义文化，自1998年起，人民文学出版社推出“蓝星诗库”丛书，致力于彰显当代中国诗歌所取得的成就和具备的广阔可能。“蓝星”取自于天文学概念“蓝巨星”，这是恒星演变过程中的一个活跃阶段；丛书收录1960年代以来中国诗坛各个时期具有启发性、创造性、影响力的重要诗人及其代表作品。

“蓝星诗库”丛书问世以来，在同类图书中一直保有较高的口碑和市场业绩，且业已成为诗界的品牌出版物。2012年，我们优中选精，推出了“蓝星诗库金版”丛书；2023年是“蓝星诗库”丛书出版二十五周年，为回报作者和广大读者，我们决定推出“蓝星诗库 · 典藏版”丛书，对既往出版诗集进行一次全面梳理，并以新的图书形态奉献给读者。

有几点情况需要说明：一、此次新版，考虑到“蓝星诗库”丛书出版时间跨度的问题，并充分尊重作者意愿，对旧版诗集进行了不同程度的修订；综合图书版权等因素，部分诗集我们留待将来出版。二、“蓝星诗库·典藏版”将秉持“蓝星诗库”丛书一贯的遴选标准，严守门槛，开放出版，持续推出当代诗歌精品。

感谢诗人及其家属的信任，感谢广大读者朋友的厚爱，让我们共同努力，为推动当代中国诗歌的繁荣贡献自己的力量。

人民文学出版社编辑部

顾城和诗（代序）

顾　工

“爸爸，爸爸，我又想出来一首诗……”8 岁的儿子顾城，每天从西直门小学放学回家，就沿着曲曲折折的楼梯、长长的甬道奔跑着，推开房门扑到我的面前。小小的心脏在剧烈地跳动。他大喘着气把他的诗背给我听——是塔松和雨珠的故事；是云朵和土地的对话；是瓢虫和蚂蚁的私语……

我凝视着他深藏梦幻的瞳仁，时惊时喜时忧——8 岁的瞳仁中也有忧患吗？是小白兔似的忧愁，还是小松鼠似的忧虑？……他背诵完他的“诗”，也常常凝视，凝视在雨云下忙于搬家的蚂蚁；在护城河里游动的蝌蚪和鱼苗；在屋檐下筑窝的燕子……“文革”初期，有人在我们楼窗下马路对面的墙上，刷了条大标语，不知是贴反了，还是贴错了，马上被众多的路人围拢来，死死地缠住，揪住，按下头，用脚踢……顾城起初是从窗扇的缝隙向外看，后来他恐惧了，脸色惨白，再不向窗外多看一眼，他越来越想躲开纷争，躲开喧嚣的激越的声音，只想去那只有天籁的世界。

有这样的世界吗？当一辆卡车把我们抄家后的家具，连人一同载走的时候，在12岁的小顾城眼里，流露着迷惘也流露着喜悦——我们全家是不是正在迁移，迁移到一个天籁世界?！渤海荒滩上栖落着大群大群水鸟，翅膀时时拍击那像泥捏似的村落……

我被部队农场分配去养猪。我每天和儿子一起拌猪饲料，烧猪食。那土灶的柴火烧红不透明的早晨，映着我们灰暗的脸。儿子借着灶口闪烁不定的火花，翻看着一本借来的唐诗，他抬起有星云流动的大眼睛说："爸爸，我和你对诗好吗?你有首诗叫《黄浦江畔》，我想对首《渤海滩头》；你昨天写一首叫《沼泽里的鱼》，我想对首《中枪弹的雁》……" 我深深感动：世界上已经没人再读我的诗了，而他却记得。于是，父子俩真的对起诗来。……把每首即兴写的诗，都丢进火里。我俩说："火焰是我们诗歌唯一的读者。"

喂猪是我们父子流放生涯中最大的乐趣。在没有散尽的寒雾中，把一大桶一大桶热气腾腾的猪食，倒进猪圈，倒进猪槽，看着那些饥饿得要发疯的猪来争食，实在太激奋了。儿子给每头猪取了个名字："老病号""老祖宗""八百罗汉""饿死鬼"……真的，由于缺粮缺饲料，每头猪都饿得脊骨突露，嘴尖毛长；有的竟相互撕咬，你噬它的耳朵，它啃你的尾巴……

饲料危机是最大的经济危机，我们只有打开猪圈去放牧。几十头毛色不同、性格各异的猪，在海滩边，在潍河旁，咕咕哝哝、呼哧呼哧地咀嚼着野草和没有挖尽的红薯根、萝卜叶……中午，初夏的阳光已经有些温暖，我和儿子就跳进这即将入海的水流里，尽情浸没和扑腾……没有人，只有云和鸟和太阳，还有远远的草地上正在觅食的猪。草有些绿了，更绿了——盛夏来到。赤裸裸、水淋淋的儿子伏在沙滩上晒暖。他的手指伸进沙砾中写诗：“太阳烘着地球，像烤一块面包……”

是的，我们是多么需要一块面包！

几年后，我们被允许回城，回北京——由于林彪在温都尔汗的荒野上爆炸，我们这些被迫害者就有了点儿希望。车轮又把我们全家带回旋转着许多车轮的社会。此时，和猪和海洋、天空一起生活了几年的儿子，已长成真正的英俊少年，他从寂寥、壮阔的生活中，带回几盒在草棵中采集的昆虫标本和两册自写自编的诗集；一册自由体，名《无名的小花》；一册格律体，名《白云梦》。随后，生活就给他上紧了发条。他比时钟更紧张，更匆忙。他去街道服务所里干活，筛石灰、拉大锯、刨树根、刷油漆、爬到楼顶去刮顶棚铁锈、在高温熔炉旁拌糖浆……他狂热地劳动着，好像真正成了枚万能螺丝钉。

一个生日又一个生日，都在恼人的轰响声中过去……他开始看书。正好，我们当年被抄走的书籍，零零散散地发还点儿，总算有点儿书了。顾城的狂热于是转了方向，没日没夜地沉浸在越堆越高的书中。他把过去细看过的两大本《辞海》重新扫描；他读所有的诗歌、小说、哲学、科学、政治经济学……他一目十行，过目不忘，像复印机似的，常常一个通宵就能翻完厚厚的一叠。

他还自学绘画……

他室内的灯光几乎是彻夜不熄的。梦幻，分不清月光和阳光，时时在伴随着他，萦绕着他。白昼午睡和黎明欲来没来时，是他写诗的最好时刻。儿子写诗似乎很少伏在桌案上，而是在枕边放个小本、放支圆珠笔，迷迷蒙蒙中幻化出来飞舞出来的形影、景象、演绎、思绪……组合成一个个词汇、一个个语句,他的手便摸着笔,摸着黑（写时常常是不睁眼的）涂记下来。有时，摸到笔摸不到小本本，他就把句子勾画到枕边的墙壁上——他睡的墙头总是涂满了诗，还有许多用漫画笔法画的小人小狗小猪……他那后来传诵一时的“黑夜给了我黑色的眼睛／我却用它寻找光明”就是在这样的迷蒙中，幻化中，受积聚到一定程度的灵感的迸发冲击，涂写到墙上去的——犹如云层激发出雷电……

顾城开始了他的投稿生涯。在这方面他好像也有点儿朦胧。他并不研究每个刊物的用稿标准，只是把那些大大小小刊物的名字事先写好信封，一大叠，用的时候，就把诗稿自上而下顺序一装，碰到谁就是谁，从《人民文学》到县办刊物，一律平等。

我们家的门常被敲响，一些青年带来了他们的崇敬与争论。顾城只好一而再、再而三地同他们讨论他的《远和近》《弧线》等等；最后实在应接不暇，便写文给报刊集中解说。那个时候，“朦胧”是让人难解又兴奋的事，我们家也常常争论探讨。奇怪的是，我那不朦胧的诗却从来不引起争论，总是在报刊较为舒适的位置上安憩。

关于顾城诗的争论时起时伏，最后渐渐平息下来。顾城在南方过了一年，接着结婚，然后回北京过了一段比较平静的日子。他睡醒来便去种丝瓜、扁豆，有时去讲课。他越来越能讲，也越来越沉默。我俩常常应邀去各个院校讲课，我讲过去的事，他也讲过去的事。我讲的是战争、烽火、布满尸体的山谷、哭泣的村庄；他讲的却是“文化大革命”，那些寂寞危险的日子，他所爱的鸟，他所梦想的人和各种昆虫的故事……

他总是看着远处讲话，说他要在山上筑一座小城，安一门金属的大炮，养一些兔子，“我是一个王子／心是我的王国……”“蓝海洋在四周微笑／欣赏着暴雨的舞蹈……”所有听的人都很安静，被他带进了一个童话世界，只有他一个人还在向前走着，好像在继续他儿时未完成的游戏……

后来他真的走了。1987年去德国参加明斯特国际诗歌节，又去了英国、法国、美国、瑞典……走进一个个诗歌的盛会，推开一所所大学的门扇（我怎么也不明白，他这个小学生是怎么变成一个大学研究员的)。他在那些国家的课堂里、讲台上，依旧穿着浅灰色的中山服，眼睛向远处看着，讲中国古老的文学和哲学，还有最新的诗……

顾城从诞生、学语到最后，一直在寻找自己的梦，有时是远古的神明，有时是黎明的鸟叫。从他的诗里，我依旧可以听到他从走廊尽头跑过来的脚步声，他推开门，他推开门，推开一重重厚重的门……

目　录

附　录

星月的来由·烟囱

星月的来由

树枝想去撕裂天空，

却只戳了几个微小的窟窿，

它透出天外的光亮，

人们把它叫做月亮和星星。

烟　囱

烟囱犹如平地耸立起来的巨人，

望着布满灯火的大地，

不断地吸着烟卷，

思索着一件谁也不知道的事情。

1968 年 9 月，十二岁，北京西直门

对宇宙大声发问

银河在天空慢慢地流动，
漆黑的大地没有一点声音，
满天的星星眨着眼睛，
像要找谁诉说，询问……
呵！
牛郎唱起了悲歌，
织女的眼泪汇成了河，
我想对宇宙大声发问：
妈妈为什么不回来？为什么？！
呵……
月亮好比镶在夜空中的明镜，
缓缓地挪动，时走时停，
我好像在镜中看见了妈妈的身影，
在灯下给我写信……

1969 年 5 月，十二岁，北京
给下放干校的妈妈写的信

我的幻想·美

我的幻想

我在幻想着，
幻想在破灭着；
幻想总把破灭宽恕，
破灭却从不把幻想放过。

1969年5月 北京

美

我所渴望的美，
是永恒与生命，
谁知它们竟水火不容：
永恒的美，奇光异彩，
却无感无情；

生命的美，千变万化，
却终为灰烬。

1969 年 12 月，十三岁，火道村

怀　念

化为幻想的云朵，
去眺望故居的窗棂，

鼓起向往的风帆，
驶向记忆的边缘；

从怀念的书籍上，
剪下一页页生活的片断；

收集起希望的光泽，
熔铸一个灿烂的明天。

1970年8月，十三岁
山东昌北火道村

铭　言（二首）

一

在生活的海洋里，
应扶正船舵，
不能为顺风，
而卷入漩涡。
且把搁浅，
当作宝贵的小憩，
静看那得意的帆影，
去随浪逐波。

1970 年 7 月，十三岁

二

用堤，
可以捕住无边的浪；

用帆，

可以捕住无形的风；

用爱，

可以捕住无踪的梦；

用钱，

可以捕住无情的心。

1970年8月

割 草 谣

你用大锄，
我用小镰，
河滩上的草，
　　总是那么短。

兔娃娃，
急得挖地洞；
猪爷爷，
馋得撞木栏，
　　草就那么短。

晒不干，
锅台光冒烟；
铺不厚，
母鸡不孵蛋，
　　草就那么短。

你拿大筐，

我拿小篮，

河滩上的草，

　　永远那么短！

1970 年 9 月，十三岁

找 寻

在阔野上，在霜气中，

我找寻春天，找寻新叶，找寻花丛。

当冷雾散尽，天色大亮，

我只找到，一滩败草，一袖寒风……

1970 年 2 月，十三岁

无名的小花

野花，
星星，点点，
像遗失的纽扣，
撒在路边。

它没有秋菊
拳曲的金发，
也没有牡丹
娇艳的容颜。

它只有微小的花，
和瘦弱的叶片，
把淡淡的芬芳
融进美好的春天。

我的诗，
像无名的小花，

随着季节的风雨，

悄悄地开放在

　寂寞的人间……

1971年6月，十四岁

幼　芽

寒风推送着混浊的波澜，
波澜拥向歪斜的石岸；
石缝中有一株淡绿的幼芽，
顽强地展开了小小的叶瓣。

1971 年 2 月，十四岁

小 风 景

楼窗中

　　　伸出几支竹竿

　　　挂满湿衬衣……

晴转阵雨。

小榆树在煤堆上——

　　　　　　敬礼

　　以为那是

　　　　万国旗。

1972 年 10 月

我赞美世界

我赞美世界
用蜜蜂的歌
蝴蝶的舞
和花朵的诗

月亮
遗失在夜空中
像是一枚卵石
星群
散落在河床上
像是细小的金沙
用夏夜的风
来淘洗吧!
你会得到宇宙的光华

把牧童
草原样浓绿的短曲

把猎人
森林样丰富的幻想
把农民
麦穗样金黄的欢乐
把渔人
水波样透明的希望
…………
把全天下的
　　海洋、高山
　　　平原、江河
把七大洲的
　　早晨、傍晚
　　　日出、月落
从生活中，睡梦中
投入思想的熔岩
凝成我黎明一样灿烂的
——诗歌

1971 年 6 月，十四岁

生命幻想曲

把我的幻影和梦
放在狭长的贝壳里
柳枝编成的船篷
还旋绕着夏蝉的长鸣
拉紧桅绳
风吹起晨雾的帆
我开航了

没有目的
在蓝天中荡漾
让阳光的瀑布
洗黑我的皮肤

太阳是我的纤夫
它拉着我
用强光的绳索
一步步

走完十二小时的路途

我被风推着
向东向西
太阳消失在暮色里

黑夜来了
我驶进银河的港湾
几千个星星对我看着
我抛下了
新月——黄金的锚

天微明
海洋挤满阴云的冰山
碰击着
“轰隆隆”——雷鸣电闪
我到哪里去呵
宇宙是这样的无边

* * *

用金黄的麦秸

织成摇篮
把我的灵感和心
放在里边
装好纽扣的车轮
　让时间拖着
　去问候世界

车轮滚过
百里香和野菊的草间
蟋蟀欢迎我
抖动着琴弦
我把希望溶进花香
黑夜像山谷
白昼像峰巅
睡吧！合上双眼
世界就与我无关

时间的马
累倒了
黄尾的太平鸟
在我的车中做窝
我仍然要徒步走遍世界——

沙漠、森林和偏僻的角落

太阳烘着地球
像烤一块面包
我行走着
赤着双脚
我把我的足迹
像图章印遍大地
世界也就融进了
　　我的生命

　　我要唱
　　一支人类的歌曲
　　千百年后
　　在宇宙中共鸣

1971 年 7 月，十四岁
山东潍河入海处

幻想与梦

我在时间上徘徊
既不能前进，也不想
　　后退
挖一个池沼
蓄起幻想的流水
在童年的落叶里
寻找金色的蝉蜕

我热爱我的梦
它像春流般
温暖我的心
我的心收缩
像石子沉入水底
我的心膨胀
像气球升向蓝空

让阳光和月色交织

令过去与将来熔合
像闪电礼花惊碎夜空
化为奇彩光波

早晨来了
知了又开始唱那
无味的歌
梦像雾一样散去
只剩下茫然的露滴

1971 年夏，十四岁

小　树

刚进城的小树
不安地在街头停立

市场在轮镜中
旋转得无声无息

小树刚想问路
便招来一阵唾弃

真理刚贴出广告
叫做：不许怀疑

1972 年 5 月

地　基

蜷缩的城市
伸出手——推土机
推平了一畦又一畦菜地

肥沃不再是荣誉！

无所事事的土块们
在等待砖石和水泥
在等待新的度量——平方米

一小段田埂还在发绿！

一棵小树还站在上面
想象着航行
想象着岛屿……

想象着

周围是海，自己是旗

1980 年 6 月

友　谊

我看见“友谊”像艳丽的花
我知道花会凋零

我看见“友谊”像纯洁的雪
我知道雪会融化

我看见“友谊”像芳香的酒
我知道酒会变酸

我看见“友谊”像不朽的金
我知道黄金的重价

1970 年 12 月 31 日　写给父亲

迎　新

春天是远处的故事
白蒙蒙的雪
还没有遮住树梢

春天是路上的故事
马铃在响
口袋在微微地摇

春天是等待的故事
很亮的银窗纸上
小鸟在睡觉

春天是到来的故事
六点钟刚刚敲过
就有人在台阶上跺脚

1984 年 2 月

一代人·巨星

一 代 人

黑夜给了我黑色的眼睛
我却用它寻找光明

1979 年 4 月

巨　星

在宇宙的心脏，燃烧过一颗巨星
从灼亮的光焰中，播出万粒火种
它们飞驰、它们迸射、点燃了无数星云

它燃尽了最后一簇，像礼花飘散太空
但光明并没有消逝，黑暗并没有得逞
一千条燃烧的银河都继承了它的生命

1976 年 4 月

种子的梦想

种子在冻土里梦想春天

它梦见——
龙钟的冬神下葬了
彩色的地平线上走来少年

它梦见——
自己舒展着颤动的腰身
长睫旁闪耀着露滴的银钻

它梦见——
伴娘蝴蝶轻轻地吻它
蚕姐姐张开了新房的金幔

它梦见——
无数儿女睁开了稚气的眼睛
就像月亮身边的万千星点……

种子呵，在冻土里梦想春天，

它的头顶覆盖着一块巨大的石板

1979 年 1 月

梦　痕

灯
淡黄的眼睫
不再闪动

黑暗在淤积
无边无际
掩盖了——
珊瑚般生长的城市
和默默沉淀的历史

我被漂尽的灵魂
附在你的窗前

我看见
诗安息着
在那淡绿的枕巾上
在那升起微笑的浅草地上

发缕像无声的瀑布……

呢喃的溪水
还给我最初的记忆吧！

在一滴露水中
我们诞生了
大理石绽开永恒的波纹
像一片磨平的海洋
像寓言般光润

水底白洁的卵石
渐渐开始了游动……

我是鱼，也是鸟
长满了纯银的鳞和羽毛
在黄昏临近时
把琴弦送给河岸
把蜜送给花的恋人

植物呵，你这绿色的孩子
等来的要是秋天呢？

你是常春藤
你拥抱着整座森林
使所有落叶飞上枝头
把洁净的天空重新藏起
呵，不要询问……

夜潮退了，退远了
早晨像一片浅滩

在升起的现实上
我飘散着，盲目的
像冰花的泪
化为缓缓升起的云雾
把命运交给风……

灯
橘红的灯
没有作声

1980 年 2 月

眼　睛

打开一顶浅蓝的伞
打开一片晴澈的天

微风吹起一丝微笑
又悄悄汇入泪的海湾

在黄金的沙滩上
安息着远古的悲剧

在深绿的波涌中
停着灵魂的船

1979 年 5 月

石　壁

两块高大的石壁
在倾斜中步步进逼

是多么灼热的仇恨
烧弯了铁黑的躯体

树根的韧带紧紧绷住
岩石的肌肉高高耸起

可怕的角力就要爆发
只要露水再落下一滴

这一滴却在压缩中突然凝结
时间变成了固体

于是这古老的仇恨便得以保存
引起了我今天的一点惊异

1979 年 5 月

摄

阳光
在天上一闪
又被乌云埋掩

暴雨冲洗着
我灵魂的底片

1979 年 6 月

山　影

山影里

现出远古的武士

挽着骏马

路在周围消失

他变成了浮雕

变成了纷纭的故事

今天像恶魔

明天又是天使

1979 年 7 月

眨　眼

在那错误的年代里,我产生了这样的“错觉”:

我坚信
我目不转睛

彩虹
在喷泉中游动
温柔地顾盼行人
我一眨眼——

就变成了一团蛇影

时钟
在教堂里栖息
沉静地嗑着时辰
我一眨眼——

就变成了一口深井

红花
在银幕上绽开
兴奋地迎接春风
我一眨眼——

就变成了一片血腥

为了坚信
我双目圆睁

1979 年 11 月

结　束

一瞬间——
崩坍停止了
江边高垒着巨人的头颅

戴孝的帆船
缓缓走过
展开了暗黄的尸布

多少秀美的绿树
被痛苦扭弯了身躯
在把勇士哭抚

砍缺的月亮
被上帝藏进浓雾
一切已经结束

1979 年 5 月

雨　后

雨后
一片水的平原
一片沉寂
千百种虫翅不再振响

在马齿苋
肿痛的土路上
水蚤追逐着颤动的波

花瓣，润红，淡蓝
苦苦地恋着断枝
浮沫在倒卖偷来的颜色……

远远的小柳树
被粘住了头发
它第一次看见自己
为什么毫不欢乐

1972 年 6 月

别

在春天
你把手帕轻挥
是让我远去
还是马上返回？

不，什么也不是
什么也不因为
就像水中的落花
就像花上的露水……

只有影子懂得
只有风能体会
只有叹息惊起的彩蝶
还在心花中纷飞……

1979 年 6 月

我的独木船（歌词）

一

我的独木船，
没有桨，没有风帆，
漂在大海中间，
漂在大海中间，
没有桨，没有风帆。

风呵，命运的风呵，
感情的波澜，
请把我吞没，
或送往彼岸，
即使是梦幻，
即使是梦幻……

我在盼望那沉静的港湾，
我在盼望那黄金的海滩，

我在盼望那岸边的姑娘——

　和她相见，

　和她相见，

　和她相见！

二

我的独木船，

没有舵，没有绳缆，

漂在人世中间，

漂在人世中间，

没有舵，没有绳缆。

风呵，命运的风呵，

生活的波澜，

请把我埋藏，

或送回家园，

即使是碎片，

即使是碎片……

我在想念那美丽的栈桥，

我在想念那含泪的灯盏，

我在想念那灯下的母亲——

　祝她晚安，

　祝她晚安，

　祝她晚安！

1979 年

我是一座小城（歌词）

我的心，
是一座城，
一座最小的城。
没有喧闹的市场，
没有杂乱的居民，
清清净净，
清清净净。
只有一片落叶，
只有一簇花丛，
还偷偷掩藏着——
儿时的深情……

我的梦，
是一座城，
一座最小的城。
没有森严的殿堂，
没有神圣的坟陵，

安安静静，

安安静静。

只有一团薄雾，

只有一阵微风，

还悄悄依恋着——

童年的纯真……

啊，我是一座小城，

一座最小的城，

只能住一个人，

只能住一个人，

我的梦中人，

我的心上人，

为什么不来临？

为什么不来临？

1979 年

给我的尊师安徒生（二首）

一

安徒生和作者本人都曾当过笨拙的木匠。

你推动木刨
像驾驶着独木舟
在那平滑的海上
缓缓漂流……

刨花像浪花散开
消逝在海天尽头
木纹像波动的诗行
带来岁月的问候

没有旗帜
没有金银、彩绸
但全世界的帝王

也不会比你富有

你运载着一个天国
运载着花和梦的气球
所有纯美的童心
都是你的港口

二

给安徒生

金色的流沙
湮没了你的童话
连同我——
无知的微笑和眼泪

我相信
那一切都是种子
只有经过埋葬
才有生机

当我回来的时候

眉发已雪白
沙漠却变成了
一个碧绿的世界

我愿在这里安歇
在花朵和露水中间
我将重新找到
儿时丢失的情感

1980 年 1 月

牺牲者·希望者

在历史的长片中，有这样两组慢镜头。

牺牲者：

你靠着黄昏
靠着黄昏的天空
像靠着昼夜的转门
血的花朵在开放
在你的胸前
在你胸前的田野上
金色的还在闪耀
紫色的已经凋零
你无声的笑
惊起一片又一片
细碎的燕群……

刽子手躲在哪里？

炊烟迟缓而疲惫
河流像它透明的影子
多少眼睛望着你——
杨树上痛苦的疤结
绿波上遗忘的气球
老教堂上拼花的圆窗……
呆滞、疑惑、善良
你多想把手放在
他们的额前
(不是抖动的手)
让他们懂得

刽子手逃走了吗？

血流尽了
当然，还有泪
冰凉的晚风冲洗着一切
连同发烫的回光
遗念，和那一缕淡色的头发
你慢慢、慢慢地倒下
生怕压坏了什么

你的手、深深插进
温柔的土层
抓住一把僵硬的路
攥得紧紧……
夜幕，布满弹洞

刽子手
你们可以酣睡了。

希望者：

你醒来——
缓缓地转动头颅
让阳光扫过思维的底层
扫过微微发涩的记忆……
呵，你睡了多久？
自从灰蝶般脆弱的帆
被风暴揉碎
自从诗页和船的骨骸
一起漂流
自从海浪把你的“罪行”
写满所有沙滩

那死亡，那比死亡更可怕的麻痹
就开始了

过去（说）：
还不满足吗
你这叛逆的子孙

你醒来——
知觉的电流开始发热
锤击一样的脉跳
也开始震响
梦碎了
化作无数飞散的水鸟
化作大片大片明亮的云朵……
你慢慢地抽动四肢
在太阳和星群间崛起
毛发中的沙石在簌簌抖落
犹如巨大的植物离开了泥土
离开了那海藻般腐败的谣言
把召唤升上太空……

现代（说）：

你在这里呀

我骄傲的孩子

你醒来——

海退得很远，山在沉默

新鲜的大地上没有足迹

没有路，没有轨道

没有任何启示或暗示

这寂静的恐怖足以吓倒一切

然而，你却笑了

这是巨人的微笑

你不用乞求，不用寻找

到处都有生命，有你的触觉

到处都有风，有你疾迅的思考

你要的一切，已经具备——

自己和世界

未来（说）：

不，还有我

你永远、唯一的爱人

1980 年 1 月

爱我吧，海

我没有鳃

不能到海上去。

——阿尔贝蒂

爱我吧，海

我默默说着

走向高山

弧形的浪谷中

只有疑问

水滴一刹那

放大了夕阳

爱我吧，海

我的影子

被扭曲

我被大陆所围困
声音布满
冰川的擦痕
只有目光
在自由延伸
在天空
找到你的呼吸
风，一片淡蓝

爱我吧，海

蓝色在加深
深得像梦
没有边
没有锈蚀的岸

爱我吧，海

虽然小溪把我唤醒
树冠反复追忆着
你的歌
一切回到

最美的时刻
蝶翅上
闪着鳞片、虹
秋叶飘进叹息
绿藤和盲蛇
在静静缠绕……

爱我吧，海

远处是谁在走?
是钟摆
它是死神雇来
丈量生命的

爱我吧，海

城市
无数固执的形体
要把我驯化
用金属的冷遇
笑和轻蔑
淡味的思念

变得苦了

盐在黑发和瞳仁中

结晶

但——

爱我吧，海

皱纹，根须的足迹

织成网

把我捕去

那浪的吻痕呢?

爱我吧，海

一块粗糙的砾石

在山边低语

1980 年 3 月

花雕的自语

相传：花雕是新婚之日埋在地下，到花甲之年才开启的绍兴美酒。

我的颀穹完满而光润
贮藏着火和泉水
贮藏着琥珀色的思念
诗的汁液，梦的沉香
朦朦胧胧的乞求和祝愿

这记忆来自粘满稻种
粗瓷般反光的秧田
来自土窖，紫云英的呼吸
无名草的肤色
帆影和散落在泥土中的历史

在一个红烛摇动的时刻
我被掩埋，不是为了

追悼，而是为了诞生
这是季风带来的习俗
也是爱人间的秘密

我听见落叶，犁掘，夯声
听见蝉和蛹的蜕变
听见蚯蚓和鼹鼠的抚问
（它们把我设想成为
一枚古海岸上巨大的圆贝）

然而，我的创造者呢？
那排门和腰门的开启
柴的破碎，孩子的铃铎
渐渐加重的步音，回忆
我都无法听见

渴求，在渴求中成熟
像地下的根块
——被阳光遗忘，缺少喜色的果实
在无法流露的密封之中
最醇的爱已经酿透

我幻想着昏眩的时刻

白发和咿呀的欢笑

我将倾尽我的一切呼唤

在暂短的沉寂里

融化星夜和蓝空

1980 年 4 月

就 义

站住！

是的，我不用走了。
路已到尽头，
虽然我的头发还很乌黑，
生命的白昼还没开始。

小榆树陌生地站着；
花白的草多么可亲；
土地呵，我的老祖母，
我将永远在这里听你的歌谣，
再不会顽皮，不会……

同伴们也许会来寻找，
她们找不到，我藏得很好，
对于那郊野上
积木般搭起的一切，

我都偷偷地感到惊奇。

风，别躲开！
这是节日，一个开始。
我毕竟生活了，快乐的，
又悄悄收下了，
这无边无际的礼物。
…………

1980 年 3 月

小萝卜头和鹿

你天真地看着世界，
永远在笑；
你刚挣脱了襁褓
就坐了牢。
纯黑的眼睛
没映入过无边的土地；
细弱的小腿
很少能自由地蹦跳——
只有水槽中的天，
只有铁窗外的鸟……

你在幻想中
把伙伴寻找，
又用短短的铅笔
把它轻描——
呀！
那是一只梅花小鹿，

多么甜美，
多么灵巧。
你爬上它的脊背，
一同在云中飞跑。

你们一直追上了月亮，
问太阳在哪儿睡觉，
又拾起
胡豆似的星星，
上面长出了羽毛。
小鹿舔舔嘴唇，
忽然想吃青草。
掏呀掏，
哎，不好
怎么吃了叔叔的字条……

现实
像醒不了的噩梦，
继续着——
慌乱的钥匙打开镣铐。
妈妈自由了？
被带入山中小道。

你吃力地登上
锈色的石阶，
细看着
一排排含泪的小草，
唱着歌谣，
走向死，走向屠刀……

一切消失了，
一切停止了，
卑鄙的黑夜已逃之夭夭。
只有路，
只有草，
只有那一片死寂，
还在无声地控告。
只有微笑，
只有画页，
只有那幻想的小鹿，
还在倾诉你的需要。

1979 年 5 月

祭

我把你的誓言
把爱
刻在蜡烛上

看它怎样
被泪水淹没
被心火烧完

看那最后一念
怎样灭绝
怎样被风吹散

1980 年 6 月

小 巷

小巷
又弯又长

没有门
没有窗

你拿把旧钥匙
敲着厚厚的墙

1980 年 6 月

雪　人

在你的门前
我堆起一个雪人
代表笨拙的我
把你久等

你拿出一颗棒糖
一颗甜甜的心
埋进雪里
说这样就会高兴

雪人没有笑
一直没作声
直到春天的骄阳
把它融化干净

人在哪呢
心在哪呢

小小的泪潭边
只有蜜蜂

1980 年 2 月

绿地之舞

绿地上、转动着，
恍惚的小风车，
白粉蝶像一片漩涡，
你在旋转中飘落，
你在旋转中飘落……

草尖上，抖动着
斜斜的细影子，
金花蕾把弦儿轻拨，
我在颤音中沉没，
我在颤音中沉没……

呵，那触心的微芳，
呵，那春海的余波，
请你笑吧，请我哭吧，
为到来的生活！
为到来的生活！

1980 年 6 月

在夕光里

在夕光里，
你把嘴紧紧抿起：
“只有一刻钟了”
就是说，现在上演悲剧。

“要相隔十年、百年！”
“要相距千里、万里！”
忽然你顽皮地一笑，
暴露了真实的年纪。

“话忘了一句。”
“嗯，肯定忘了一句。”
我们始终没有想出，
太阳却已悄悄安息。

1980 年 6 月

游　戏

那是昨天？前天？
呵，总之是从前
我们用手绢包一粒石子
一下丢进了蓝天——

多么可怕的昏眩
天地开始对转
我们松开发热的手
等待着上帝的严判

但没有雷、没有电
石子悄悄回到地面
那片同去的手绢呢？
挂在老树的顶端

从此，我们再不相见
好像遥远又遥远

只有那颗忠实的石子
还在默想美丽的旅伴

1980 年 6 月

远 和 近

你
一会儿看我
一会儿看云

我觉得
你看我时很远
你看云时很近

1980 年 6 月

泡　影

两个自由的水泡
从梦海深处升起……

朦朦胧胧的银雾
在微风中散去

我像孩子一样
紧拉住渐渐模糊的你

徒劳地要把泡影
带回现实的陆地

1980 年 6 月

弧　线

鸟儿在疾风中
迅速转向

少年去捡拾
一枚分币

葡藤因幻想
而延伸的触丝

海浪因退缩
而耸起的背脊

1980 年 8 月

微微的希望

我和无数
不能孵化的卵石
垒在一起

蓝色的河溪爬来
把我们吞没
又悄悄吐出

没有别的
只希望草能够延长
它的影子

1980 年 8 月

安　慰

青青的野葡萄
淡黄的小月亮
妈妈发愁了
怎么做果酱

我说：
别加糖
在早晨的篱笆上
有一枚甜甜的
红太阳

1980 年 10 月

北方的孤独者之歌

在那纷乱的年代里，一个歌手被流放到北方……

天变了颜色
变成可怖的铁色
大地开始发光
发出暗黄的温热
呵，风吹走了，风吹走了……
那大草原上
那大草原中
时聚时散的部落

一切都在骚乱
都将绝望——抛弃、争夺！
只有那，属于北方
的沉寂和诉说
还在暴雨前的

阵阵寒噤里
轻轻飘过
轻轻飘落……

还是唱歌吧！
唱那孤独者
唱那孤独的歌
像在第一阵微凉里
惊醒的野鸽子
飞出细柔、和谐的梦
去寻找真的家
去寻找真的窠

唱吧、歌呵歌
唱给滩洼中枯涸的水沫
唱给山路上倾翻的大车
唱给圆木的小屋
唱给荒亭的白发
唱给稀少的过客
唱给松鼠
唱给松果……

呵，呵，孤独者
让你的思念
(那么多呢，那么多呢)
像木排一样
去随水漂泊
去随冰漂泊
随着轰鸣，随着微波
……呵，海在等着

为什么？为什么？为什么？
这样沉，这样沉重
扭弯了撬棍
坠散了绳索
像浸透悲哀的古木
隐藏着火舌
呵，永远不问，永远不说
铅味的烟团在草中潜没

让歌飞吧，飞吧！
真正像野鸽子
自在地，自由地……
让早晨的空气

充满羽毛，充满欢乐
像芦花曾充满湛蓝的秋空
(即使北方的天穹
跨度过于宽阔)

孤独者，呵呵，歌
你的女儿还很顽皮
常常把雪花捕捉
儿子却已学会沉默
久久地沉默
他们在陆地的两舷
听着，静听着
你的歌

呵，孤独者，孤独者
你不能涉过春天的河
不会哦，不能哦
冬天使万物麻木
严寒使海洋畏缩
但却熄灭不了炉火
熄灭不了爱
熄灭不了那热尘中的歌

森林的家系
绵长而巨大
河水的朋友
广泛而众多
甚至那冷酷的冰川
也总连着、连着……
但你却是孤独者
只有唱歌

听么？听着，听啵
呵——生命、生存、生活
生命生存生活
山在江水中溶化
浪在石块上跳着
那一切已经消逝
蜡烛的热恋
凝成了流星一颗

不要问为什么
不要问为什么
人生就是这样混浊！

人生就是这样透彻！

闪电早已把天幕撕破

在山顶上

尽管唱歌，尽管唱歌

看乌云在哪里降落

1980 年 6 月

大写的“我”

我直视着太阳
直视着明利的晨光
仿佛一把把宽刃的匕首
在旋转中逼近
彩色犹疑的梦，纯蓝的颜色
都使我吃惊
金属没有幻想吗？
鲜血没有思念吗？
呵，我要跑，要叫
要一动不动地
看大海怎样遮去一半陆地
那润滑发凉的愉快
和燥热的朦胧，交替升起
迫使我，踏过山脉
像踏过错乱的琴键
每一步都有意外的回声

明黄的，向日葵花瓣
纷纷落下，像散开的音符
像一个皇族的溃灭
一支乐曲消失了
消失在青灰的走廊尽头
消失在时空中
但我却因为注视
而吸收了太阳
(真的，天空只留下一个
被称为月亮的白印)
巨大的能，使我上升
沿着断断续续
绿绒线一样的江岸
沿着一条无形的天轨
情感的热力
在向四面飞散
亮紫色的天幕起伏不定

固体在熔化
向我涌来，飞溅的
不是波浪，是云
是无边无际的拥抱、亲吻

由于蓬松的幸福
我被分散着，变成了
各种颜色、形体、元素
变成了核糖核酸、蛋白
纠缠不清的水藻
轻柔而恐怖的触丝
鱼和蛙在游动中
渐渐发育的脊骨
无数形态的潜伏、冬眠
由于追逐和奔逃
所产生的曲线
血的沸热和冷却

哦，我嘲笑死
嘲笑那块破损的帷幕
它不能结束我的戏剧
我是人
分布在狭长的历史上
分布在各个大陆
彩色的岩石上
河流使我的歌悠久
地震使我的骨骼不断扩展

雨云使我的头发湿润
我是黑色的男孩
偷戴上熟铁的脚镯
我是棕色的少女
擦拭着陶瓶的细颈
我忽而又是雪白的老人
在疑问的网中安息

我是金黄的
像丰收的种
像碧叶下成熟的橘子
像麦秸的光辉
像突然闪动炮火的海岸
我是金黄的
我的信念
在粗糙的碑石上熔化
使纯金一样不朽的历史
注视着每片黄昏
也许，我会沉默
因为一个已经临近的时刻
我将像太阳般
不断从莫测的海渊中升起

用七种颜色的声音

告诉世界

告诉重新排列的字母和森林

东方——不再属于传说

1980 年 8 月

简　历

我是一个悲哀的孩子
始终没有长大

我从北方的草滩上
走出，沿着一条
发白的路，走进
布满齿轮的城市
走进狭小的街巷
板棚。每颗低低的心

在一片淡漠的烟中
继续讲绿色的故事

我相信我的听众
——天空，还有
海上迸溅的水滴
它们将覆盖我的一切

覆盖那无法寻找的

坟墓。我知道

那时，所有的草和小花

都会围拢

在灯光暗淡的一瞬

轻轻地亲吻我的悲哀

1980 年 10 月

我是黄昏的儿子

——写在过去不幸的年月里

我是黄昏的儿子
我在金黄的天幕下醒来
快乐地啼哭，又悲伤地笑
黑夜低垂下他的长襟

我被出卖了
卖了多少谁能知道
只有月亮从指缝中落下
使血液结冰——那是伪币

泥土一样柔顺的肤色呵
掩埋了我的心和名字
我那渴望震响的灵魂
只有鞭子垦出一行行田垄

不断地被打湿，被晒干

裂谷在记忆中蔓延
可三角帆仍要把我带走
回光像扇形的沙洲

海用缺齿的风
梳着苍白拳曲的波发
乌云的铁枷急速合拢
想把我劫往天庭

然而我是属于黑夜的
是奴隶，是不可侵犯的私产
像牙齿牢固地属于牙床
我被镶进了一个碾房

我推转着时间
在暗影中，碾压着磷火
于是地球也开始昏眩
变音的地轴背诵起《圣经》

青石上凿出的小窗
因为重复，变成了一排
也许是迷路的萤虫吧

点亮了我的眼泪

这是启明星的目光
绕住手臂，像精细的银镯
我沉重的眼帘终于升起
她却垂下了淡色的眼睫

我是黄昏的儿子
爱上了东方黎明的女儿
但只有凝望，不能倾诉
中间是黑夜巨大的尸床

1980 年 10 月抄整，加副题
初写于 1973 年

永别了，墓地

在重庆，在和歌乐山烈士陵园遥遥相望的沙坪坝公园里，在荒草和杂木中，有一片红卫兵之墓。

没有人迹。

偶然到来的我和我的诗，又该说些什么……

一　模糊的小路，使我来到你们中间

模糊的小路
使我来到
你们中间
像一缕被遗漏的阳光
和高大的草
和矮小的树
站在一起
我不代表历史
不代表那最高处
发出的声音
我来了

只因为我的年龄

你们交错地
倒在地下
含着愉快的泪水
握着想象的枪
你们的手指
依然洁净
只翻开过课本
和英雄故事
也许出于一个
共同的习惯
在最后一页
你们画下了自己

现在我的心页中
再没有描摹
它反潮了
被叶尖上
蓝色的露水所打湿
在展开时
我不能用钢笔

我不能用毛笔
我只能用生命里
最柔软的呼吸
画下一片
值得猜测的痕迹

二　歌乐山的云很凉

歌乐山的云
很凉
像一只只失血的手
伸向墓地
在火和熔铅中
沉默的父母
就这样
抚摸着心爱的孩子
他们留下的口号
你们并没有忘
也许正是这声音
唤来了死亡

你们把同一信念

注入最后的呼吸
你们相距不远
一边仍是鲜花
是活泼的星期日
是少先队员
一边却是鬼针草
蚂蚁和蜥蜴
你们都很年轻
头发乌黑
死亡的冥夜
使单纯永恒

我希望
是红领巾
是刚刚悬挂的果实
也希望是你们
是新房的照片
在幸福的一刹那
永远停顿
但我却活着
在引力中思想
像一只小船

渐渐靠向
黄昏的河岸

三　我没有哥哥，但相信……

我没有哥哥
但相信你是
我的哥哥
在蝉声飘荡的
沙堆上
你送给我一只
泥坦克
一架纸飞机
你教我把字
巧妙地连在一起
你是巨人
虽然才上六年级

我有姐姐
但相信你仍是
我的姐姐
在浅绿的晨光中

你微微一转
便高高跳起
似乎彩色的皮筋
把你弹上天空
它绷得太紧
因为还有两根
缠绕着
我松松的袜子

而他呢？
他是谁？
撕下了芦花雀
带金扣的翅膀
细小的血滴撒了一地
把药棉和火焰
缠上天牛的触角
让它摇摇晃晃地
爬上窗台
偿还吞食木屑的罪过
他是谁？
我不认识

四　你们在高山中生活

你们在高山中生活
在墙中生活
每天走必须的路
从没有见过海洋
你们不知道爱
不知道另一片大陆
只知道
在缄默的雾中
浮动着“罪恶”
为此，每张课桌中央
都有一道
粉笔画出的界河

你们走着
笑着
藏起异样闪动的感觉
像用树影
涂去月光花的色泽
在法典中
只有无情和憎恨

才像礼花般光彩
于是，在一天早晨
你们用糙树叶
擦亮了
皮带的铜扣，走了

谁都知道
是太阳把你们
领走的
乘着几只进行曲
去寻找天国
后来，在半路上
你们累了
被一张床绊倒
床头镶着弹洞和星星
你们好像
是参加了一场游戏
一切还可以重新开始

五　不要追问太阳

不要追问太阳

它无法对昨天负责
昨天属于
另一颗恒星
它已在
可怕的热望中烧尽
如今神殿上
只有精选的盆花
和一片寂静
静穆得
像白冰山
在暖流中航行

什么时候，闹市
同修复的旋椅
又开始转动
载着舞蹈的和
沉默的青年
载着缺牙的幼儿
和老人
也许总有一些生命
注定要被
世界抖落

就像白额雁

每天留在营地的羽毛

橘红的，淡青的

甘甜和苦涩的

灯，亮了

在饱含水分的暮色里

时间恢复了生机

回家吧

去复写生活

我还没忘

小心地绕过墓台边

空蛋壳似的月亮

它将在那里等待

离去的幼鸟归来

六　是的，我也走了

是的，我也走了

向着另一个世界

迈过你们的手

虽然有落叶

有冬天的薄雪
我却依然走着
身边是岩石，黑森林
和点心一样
精美的小镇
我是去爱
去寻求相近的灵魂
因为我的年龄

我深信
你们是幸福的
因为大地不会流动
那骄傲的微笑
不会从红黏土中
浮起，从而消散
十一月的雾雨
在渗透时
也会滤去
生命的疑惑
永恒的梦
比生活更纯

我离开了墓地
只留下，夜和
失明的野藤
还在那里摸索着
碑上的字迹
摸索着
你们的一生
远了，更远了，墓地
愿你们安息
愿那模糊的小路
也会被一个浅绿的春天
悄悄擦去

1980 年 10 月

规　避

穿过肃立的岩石
我
走向海岸

“你说吧
我懂全世界的语言”

海笑了
给我看
会游泳的鸟
会飞的鱼
会唱歌的沙滩

对那永恒的质疑
却不发一言

1980 年 10 月

不要说了，我不会屈服

不要说了
我不会屈服

虽然我想生存
想稻谷和蔬菜
想用一间银白的房子
来贮藏阳光
想让窗台
铺满太阳花
和秋天的枫叶
想在一片静默中
注视鸟雀
让我的心也飞上屋檐

不要说了
我不会屈服

虽然我渴望爱
渴望穿过几千里
无关的云朵
去寻找那条小路
渴望在森林和楼窗间
用最轻的吻
使她睫毛上粘满花粉
告别路灯
沿着催眠曲
走向童年

不要说了
我不会屈服

虽然我需要自由
就像一棵草
需要移动身上的石块
就像向日葵
需要自己的王冠
我需要天空
一片被微风冲淡的蓝色
让诗句渐渐散开

像波浪那样
去传递果实

但是，不要说了
我不会屈服

1980 年 10 月

水　乡

清明
淡紫色的风
颤动着——
溶去了繁杂、喧嚷
花台布
和那布满油迹的曲调……
这是水乡小镇
我走来，轻轻地
带着丝一样飘浮的呼吸
带着湿润的影子
鲜黄的油菜花
蒲公英，小鹅
偷藏起
我的脚印

我知道
在那乌篷船栖息的地方

在那细细编结的

薄瓦下

你安睡着

身边环绕着古老的谣曲

环绕着玩具

——笋壳的尖盔

砖的印

陶碗中漂着萍花

停着小鱼

甲虫在细竹管里

发出一阵噪响……

你的白云姥姥

合上了帐幔

黝黑的小印度弟弟

还没诞生

我听见

鸟和树叶的赞美

木锯的节拍

橹的歌

拱桥和兰叶弧形的旋律

风，在大地边缘

低低询问……

我感到

绿麦的骚动

河流柔软的滑行

托盘般微红的田地上

盈溢的芳香……

呵，南方

这是你的童年

也是我的梦幻

…………

嗯，你喜欢笑

虽然没有醒

是找到了，板缝中

遗落的星星?

那僵硬的木疖

脱落着

变成花香和雾的涌泉

北风，和东方海的潮汐

在你的银项圈中

回旋，缓缓……

是父亲绵长的故事?

是母亲

不愿诉说的情感?

…………

我走过

像稀薄的烟

穿过堂屋、明瓦

穿过松花石的孔隙

穿过一簇簇拘谨的修竹

没有脚印

没有步音

排门却像琴键

发出阵阵轻响

……! ……!

我知道了

我有两次生命

一次还没结束

一次刚刚开始

在你暂短的梦里

我走了

我走向四面八方——

走向森林

踏入褐菌的部落

走上弯弯曲曲的枝条和路

跃过巧妙起伏的丘陵

走向沙洲

走向大江般宽阔的思想

走向荆条编成的诗

藏进蜂窝、鸟巢

走向即将倒坍的古塔

烟囱、线架的触角

渗入山岳

——勇士的内心

潜入海洋

永不停息的吻……

在你醒来时

一切已经改变

一切微小得令人吃惊

现实只是——

蛛网、青虾的细钳

还在捕捉夜雨的余滴

梦的涟漪……

我

将归来

已经归来！

踏上那一级级

阴凉温热的石阶

踏上玄武岩琢成的

圆桌和柱基

在小竹门外，在小竹门外

作为一个世界

把你等待

1980 年 4 月

我们去寻找一盏灯

走了那么远
我们去寻找一盏灯

你说
它在窗帘后面
被纯白的墙壁围绕
从黄昏迁来的野花
将变成另一种颜色

走了那么远
我们去寻找一盏灯

你说
它在一个小站上
注视着周围的荒草
让列车静静驰过
带走温和的记忆

走了那么远
我们去寻找一盏灯

你说
它就在大海旁边
像金橘那么美丽
所有喜欢它的孩子
都将在早晨长大

走了那么远
我们去寻找一盏灯

1980 年 11 月

雪的微笑

1

雪的土地
纯洁的土地
静静的，临近幸福的土地
在蓝色磁波中颤动的土地
停住呼吸

灌木把细小的花纹
描在它的额前

2

河流结束了我的寻找
在泥土和冰层之间
是涓涓闪动的泪水
是一支歌

是最天真的妒嫉

我像蒲公英一样布满河岸
凝望着红屋顶

3

不知为什么
我想起了梦
想起一只失恋的白鸥
被潮水送上沙滩
送上它最后瞩望的岛屿

闪闪发光的羽毛
呼引着小鱼

4

属于土地的人们
仰望着天空
相信太阳
相信太阳留下的色彩

相信墓地上闪耀的群星

纪念碑像顽强的桥柱
一支支，伸向永恒

5

我是一个凡人
我站在阳台上
观看世界
我不能再向前行进一步
使孤独得到解脱

就是这样的心
也不能在市场上流通

6

纯洁的国土，信念
在春天的夜晚融化
没有任何预谋
花朵就开放了

森林就占领了群山

我将抖动透明的翅膀
在一个童话中消失

1980 年 12 月

我知道了，什么是眼泪

我知道了
什么是眼泪

雨水
在荷叶的掌心滑动
浸湿了小手帕
使上面的花朵
变得鲜艳
蜜蜂，用鼻子唱歌
从一叠叠建筑中飞出
拿着透明的小桶
它要结婚
要在月亮们到来之前
洗刷新房的墙壁

我知道了
什么是眼泪

小溪
忘记了路标
在一阵微笑中
跌得粉碎
惊魂不定的水母
都游进深夜
海洋里没有声音
没有任何猜测
有多少星星
有多少星星溅起的水泡
就有多少生命

我知道了
什么是眼泪

乌云
一片又一片黑帆
放射着闪电
追赶浪花
在洗劫的路上
撒满天真的种子

耕耘的季节已经过去
沙地上
鲽鱼的眼睛半闭半睁
不知痛苦的贝壳说
我要心

我知道了
什么是眼泪

1980 年 12 月

悟

树胶般
缓缓流下的泪
粘和了心的碎片

使我们相恋的
是共同的痛苦
而不是狂欢

1980 年 6 月

我唱自己的歌

我唱自己的歌
在布满车前草的道路上
在灌木和藤蔓的集市上
在雪松、白桦树的舞会上
在那山野的原始欢乐之上
我唱自己的歌

我唱自己的歌
在热电厂恐怖的烟云中
在变速箱复杂的组织中
在砂轮和汽锤的亲吻中
在那社会文明的运行中
我唱自己的歌

我唱自己的歌
既不陌生又不熟练
我是练习曲的孩子

愿意加入所有歌队
为了不让规范知道
我唱自己的歌

我唱呵，唱自己的歌
直到世界恢复了史前的寂寞
细长的月亮
从海边赶来问我：
为什么？为什么？
你唱自己的歌

1980 年 12 月

早发的种子

我是一名列兵
属于最低一级
我缩在土块的掩体下
等待着出击

忽然我看见炮火
太阳向阴云进逼
我一下跳出工事
举起绿色的小旗

冲啊！我奋勇前行
大地却无声无息
冰山是冬天的军营
森林像俘虏样站立

我终于慢慢地倒下
雪粒多么密集

我小心不惊动同伴
以免将他们激励

在我死去不久
春天获得了胜利
大队大队的野花
去参加开国典礼

她们从我墓上走过
讨论着蝴蝶的外衣
我再少一点勇敢
就将和她们一起

我从没被谁知道
所以也没被谁忘记
在别人的回忆中生活
并不是我的目的

1981 年 1 月

土地是弯曲的

土地是弯曲的
我看不见你
我只能远远看见
你心上的蓝天

蓝吗？真蓝
那蓝色就是语言
我想使世界感到愉快
微笑却凝固在嘴边

还是给我一朵云吧
擦去晴朗的时间
我的眼睛需要泪水
我的太阳需要安眠

1981 年 1 月

回　归（之一）

不要睡去，不要
亲爱的，路还很长
不要靠近森林的诱惑
不要失掉希望

请用凉凉的雪水
把地址写在手上
或是靠着我的肩膀
度过朦胧的晨光

撩开透明的暴风雨
我们就会到达家乡
一片圆形的绿地
铺在古塔近旁

我将在那儿

守护你疲倦的梦想
赶开一群群黑夜
只留下铜鼓和太阳

在古塔的另一边
有许多细小的海浪
悄悄爬上沙岸
收集着颤动的音响……

1981 年 1 月

回　归（之二）

也许，我们就要离去
离开这片
在东方海洋中漂浮的岛屿
我们把信
留下
转动钥匙
锁进暗红色的硬木抽屉
是的，我们就要离去

我们将在晨光中离去
越过
年老的拱桥
和用石片铺成的街道
我们要悄悄离去
我们将在
静默的街道尽头，海边
在浅浅的蓝空气里

把钥匙交给
一个
喜欢贝壳的孩子
把那个被锉坏牙齿的铜片
挂在他的细颈子上
作为美
作为装饰

不，不要害怕
孩子，它不是痛苦的十字
不是
当你带着它
再度过三千个
潮水喧哗的早晨
你就会长大
就会和你的女伴一起
小心地踏上木梯
在一片安静的灰尘中
找到
我们的故事

1981 年 1 月

初　夏

乌云渐渐稀疏
我跳出月亮的圆窗
跳过一片片
美丽而安静的积水
回到村里

在新鲜的泥土墙上
青草开始生长

每扇木门
都是新的
都像洋槐花那样洁净
窗纸一声不吭
像空白的信封

不要相信我
也不要相信别人

把还没睡醒的
相思花
插在一对对门环里
让一切故事的开始
都充满芳馨和惊奇

早晨走近了
快爬到树上去

我脱去草帽
脱去习惯的外鞘
变成一个
淡绿色的知了
是的，我要叫了

公鸡老了
垂下失色的羽毛

所有早起的小女孩
都会到田野上去
去采春天留下的

红樱桃

并且微笑

1981 年 2 月

星岛的夜

敲敲

星星点点的铃声

还在闪耀

在学校

在课桌一角

有一张字条

是最初的情书?

是最后的得数?

谁能知道

房上猫跳

吓灭了萤火虫

蜗虫在逃跑

还在盯梢——

歪歪斜斜的影子

悄悄

1981 年 2 月

假　如……

假如钟声响了
就请用羽毛
把我安葬
我将在冥夜中
编织一对
巨大的翅膀
在我眷恋的祖国上空
继续飞翔

1981 年 2 月

有　时

有时祖国只是一个
巨大的鸟巢
松疏的北方枝条
把我环绕
使我看见太阳
把爱装满我的篮子
使我喜爱阳光和羽毛

我们在掌心睡着
像小鸟那样
相互做梦
四下是蓝空气
秋天
黄叶飘飘

1984年10月

我是一个任性的孩子

> 我想在大地上画满窗子，让所有习惯黑暗的眼睛，都习惯光明。

也许
我是被妈妈宠坏的孩子
我任性

我希望
每一个时刻
都像彩色蜡笔那样美丽
我希望
能在心爱的白纸上画画
画出笨拙的自由
画下一只永远不会
流泪的眼睛
一片天空
一片属于天空的羽毛和树叶

一个淡绿的夜晚和苹果

我想画下早晨
画下露水所能看见的微笑
画下所有最年轻的
没有痛苦的爱情
画下想象中
我的爱人
她没有见过阴云
她的眼睛是晴空的颜色
她永远看着我
永远，看着
绝不会忽然掉过头去

我想画下遥远的风景
画下清晰的地平线和水波
画下许许多多快乐的小河
画下丘陵——
长满淡淡的茸毛
我让他们挨得很近
让他们相爱
让每一个默许

每一阵静静的春天的激动
都成为
一朵小花的生日

我还想画下未来
我没见过她，也不可能
但知道她很美
我画下她秋天的风衣
画下那些燃烧的烛火和枫叶
画下许多因为爱她
而熄灭的心
画下婚礼
画下一个个早早醒来的节日——
上面贴着玻璃糖纸
和北方童话的插图

我是一个任性的孩子
我想涂去一切不幸
我想在大地上
画满窗子
让所有习惯黑暗的眼睛
都习惯光明

我想画下风
画下一架比一架更高大的山岭
画下东方民族的渴望
画下大海——
无边无际愉快的声音

最后，在纸角上
我还想画下自己
画下一只树熊
他坐在维多利亚深色的丛林里
坐在安安静静的树枝上
发愣
他没有家
没有一颗留在远处的心
他只有，许许多多
浆果一样的梦
和很大很大的眼睛

我在希望
在想
但不知为什么
我没有领到蜡笔

没有得到一个彩色的时刻
我只有我
我的手指和创痛
只有撕碎那一张张
心爱的白纸
让它们去寻找蝴蝶
让它们从今天消失

我是一个孩子
一个被幻想妈妈宠坏的孩子
我任性

1981 年 3 月

我们相信

——给姐姐和同代人

那时
我们喜欢坐在窗台上
听那筑路的声音

夏天，没有风
像夜一样温热的柏油
粘住了所有星星

砰砰，砰砰……

我们相信
这是一条没有灰尘的路
也没有肮脏的脚印

我们相信
所有愉快的梦都能通过

走向黎明

我们相信
在这条路上，我们
将和太阳的孩子相认

我们相信
这条路的骄傲
就是我们的一生

我们相信
把所有能够想起的歌曲
都唱给它听……

砰砰，砰砰……

呵，那时，曾经
我们坐在窗台上
听那筑路的声音

1981 年 3 月

不要在那里踱步

不要在那里踱步

天黑了
一小群星星悄悄散开
包围了巨大的枯树

不要在那里踱步

梦太深了
你没有羽毛
生命量不出死亡的深度

不要在那里踱步

下山吧
人生需要重复
重复是路

不要在那里踱步

告别绝望
告别风中的山谷
哭，是一种幸福

不要在那里踱步

灯光
和麦田边新鲜的花朵
正摇荡着黎明的帷幕

1981 年 4 月

队　列

——我们的时代需要速度

圆形的小女孩
迈着圆圆的步子
拉着她的姐姐
姐姐穿着布裙子
花边卷了
是前边，细长的
和高大的姐姐的
遗产

在那些咿呀、尖笑
歌唱、沉静的女儿前面
是强大的母亲

母亲自信地看着世界
那些车辙
那些突然亮起的

西方的天空
那些故意吃惊的鸟
和将要到达的村落

母亲是永恒的
母亲跟随着母亲

她老了
穿着黑背心
和松弛的粗线毛衣
她用松树的枝条
小心地量着土地
没有想起
夕阳里，正在暗淡的爱情
纯银的发缕
在暮云中闪耀

队伍是缓慢的

1981 年 4 月

自　信

你说
再不把必然相信
再不察看指纹
攥起小小的拳头
再不相信

眯着眼睛
独自在落叶的路上穿过
让那些悠闲的风
在身后吃惊

你骄傲地走着
一切已经决定
走着
好像身后
跟着一个沮丧得不敢哭泣的

孩子

他叫命运

1981 年 4 月

叽叽喳喳的寂静

雪，用纯洁
拒绝人们的到来

远处，小灌木丛里
一小群鸟雀叽叽喳喳
她们在讲自己的事
讲贮存谷粒的方法
讲妈妈
讲月芽怎么变成了
金黄的气球

我走向许多地方
都不能离开
那片叽叽喳喳的寂静
也许在我心里
也有一个冬天
一片绝无人迹的雪地

在那里

许多小灌木缩成一团

围护着喜欢发言的鸟雀

1981 年 5 月

我 耕 耘

我耕耘
浅浅的诗行
延展着
像大西北荒地中
模糊的田垄

风太大了，风
在我的身后
一片灰砾
染黄了雪白的云层

我播下了心
它会萌芽吗？
会，完全可能

在我和道路消失之后
将有几片绿叶

在荒地中醒来

在暴烈的晴空下

代表美

代表生命

1981 年 6 月

解　释

有人要诗人解释
他那不幸的诗

诗人回答：
你可以到广交会去
那里所有的产品
都配有解说员

1980 年 6 月

我的诗

我的诗
不曾写在羊皮纸上
不曾侵蚀
碑石和青铜
更不曾
在沉郁的金页中
划下一丝指痕

我的诗
只是风
一阵清澈的风
它从归雁的翅羽下
升起
悄悄掠过患者
梦的帐顶
掠过高烧者的焰心
使之变幻

使之澄清

在西郊的绿野上

不断沉降

像春雪一样洁净

消融

1981 年 6 月

我们写东西

我们写东西
像虫子　在松果里找路
一粒一粒运棋子
有时　是空的

集中咬一个字
坏的
里边有发霉的菌丝
又咬一个

不能把车准时赶到
松树里去
种子掉在地上
遍地都是松果

1986 年 2 月

我的心爱着世界

我的心爱着世界
爱着，在一个冬天的夜晚
轻轻吻她，像一片纯净的
野火，吻着全部草地
草地是温暖的，在尽头
有一片冰湖，湖底睡着鲈鱼

我的心爱着世界
她融化了，像一朵霜花
溶进了我的血液，她
亲切地流着，从海洋流向
高山，流着，使眼睛变得蔚蓝
使早晨变得红润

我的心爱着世界
我爱着，用我的血液为她
画像，可爱的侧面像

玉米和群星的珠串不再闪耀

有些人疲倦了，转过头去
转过头去，去欣赏一张广告

1981 年 6 月

诗　情

一片朦胧的夕光
衬着暗绿的楼影

你从雾雨中显现
带着浴后的红晕

多少语言和往事
都在微笑中消融

我们走进夜海
去打捞遗失的繁星

1979 年 6 月

还记得那条河吗？

还记得那条河吗？
她那么会拐弯
用小树叶遮住眼睛
然后，不发一言
我们走了好久
都没问清她从哪儿来
最后，只发现
有一盏可爱的小灯
在河里悄悄洗澡

现在，河边没有花了
只有一条小路
白极了，像从大雪球里
抽出的一段棉线
黑皮肤的树
被冬天用魔法
固定在雪上
隔着水，他们也没忘记

要互相指责

水，仍在流着
在没人的时候
就唱起不懂的歌
她从一个温暖的地方来
所以不怕感冒
她轻轻哈气
好像树杈中的天空
是块磨砂玻璃
她要在上面画画

我不会画画
我只会在雪地上写信
写下你想知道的一切
来吧，要不晚了
信会化的
刚懂事的花会把它偷走
交给吓人的熊蜂
然后，蜜就没了
只剩下那盏小灯

1981 年 7 月

风偷去了我们的桨

就是这样
　　一阵风，温和地
　　偷走了我们的桨
墨绿色的湖水，玩笑地闪光
　　“走吧，别再找了
　　再找出发的地方”

也许，夏雨的快乐
　　　　使水闸坍方
　在隐没的柳梢上
青蛙正指挥着一家
　　　练习合唱
也许，秋风吮干了云朵
　　大胆的蚂蚁
　正爬在干荷叶的
　　　　帐篷上，眺望

也许，一排年老的木桩
    还站在水里
  和小孩一起，等着小鱼
      把干净的玻璃瓶
    在青草中安放
也许，像哲学术语一样的
        湿知了
    还在爬来爬去
遗落的分币
      在泥地上，冥想

    不要再想
    再想那出发的地方
风偷去了我们的桨
        我们
  将在另一个春天靠岸
      堤岸又细又长
杨花带走星星，只留下月亮
    只留下月亮
      在我们的嘴唇边
            把陌生的小路照亮

1981年6月

也许，我不该写信

也许，我不该写信
我不该用眼睛说话
我被粗大的生活
束缚在岩石上
忍受着梦寐的干渴
忍受着拍卖商估价的
声音，在身上爬动
我将被世界决定

我将被世界决定
却从不曾决定世界
我努力着
好像只是为了拉紧绳索
我不该写信
不应该，请你不要读它
把它保存在火焰里
直到长夜来临

1981 年 7 月

十二岁的广场

我喜欢穿
旧衣裳
在默默展开的早晨里
穿过广场
一蓬蓬郊野的荒草
从空隙中
无声地爆发起来
我不能停留
那些瘦小的黑蟋蟀
已经开始歌唱

我只有十二岁
我垂下目光
早起的几个大人
不会注意
一个穿旧衣服孩子
的思想

何况，鸟也开始叫了
在远处，马达的鼻子不通
这就足以让几个人
欢乐或悲伤

谁能知道
在梦里
我的头发白过
我到达过五十岁
读过整个世界
我知道你们的一切——
夜和刚刚亮起的灯光
你们暗蓝色的困倦
出生和死
你们的无事一样

我希望自己好看
我不希望别人
看我
我穿旧衣裳
风吹着
把它紧紧按在我的身上

我不能痛哭
只能尽快地走
就是这样

穿过了十二岁
长满荒草的广场

1981 年 8 月

感　觉

天是灰色的
路是灰色的
楼是灰色的
雨是灰色的

在一片死灰之中
走过两个孩子
一个鲜红
一个淡绿

1980 年 7 月

不是再见

我们告别了两年
告别的结果
总是再见
今夜，你真要走了
真的走了，不是再见

还需要什么？
手凉凉的，没有手绢
是信么？信？
在那个纸叠的世界里
有一座我们的花园

我们曾在花园里游玩
在干净的台阶上画着图案
我们和图案一起跳舞
跳着，忘记了天是黑的
巨大的火星还在缓缓旋转

现在，还是让火焰读完吧
它明亮地微笑着
多么温暖
我多想你再看我一下
然而，没有，烟在飘散

你走吧，爱还没有烧完
路还可以看见
走吧，越走越远
当一切在虫鸣中消失
你就会看见黎明的栅栏

请打开那栅栏的门扇
静静地站着，站着
像花朵那样安眠
你将在静默中得到太阳
得到太阳，这就是我的祝愿

1981 年 10 月

我会疲倦

钟响了
我会疲倦，不，不是今天
当彩灯和三色堇一起
飞散
当得胜的欢呼
变得那么微弱，那么远
和干草的呼吸，混成一片
当冬天的阴云
被冻得雪白，被冻得像银块那么
好看
当发亮的军刀和子弹
被遗忘在草原上，生锈
远处是森林和山
当我走到你的面前
握着你的手，吻你凉凉的眉尖
当我失明了
看着你的灵魂，看着没有闪电的夜晚

当我对你说
永远，唯一
当你对我说
唯一，永远
当香蕉和橘子睡熟了
大地开始下陷
当玻璃爱上了蓝空
灰烬变得纯洁，火焰变得柔软
当我们的头发白了
海洋干了，孩子，像一小群铝制的鸽子
远去忘返
当各种形状的叶子和
国家，都懂了我们的语言
当心不再想
钟哑了，历史不再遗憾
那时我才说，我会疲倦
会的，疲倦
慢慢，慢慢
像地下泉，一滴滴凝成了岩石
像一片小波浪，走向沙滩

1981 年 11 月

案　件

黑夜
像一群又一群
蒙面人
悄悄走近
然后走开

我失去了梦
口袋里只剩下最小的分币
“我被劫了”
我对太阳说
太阳去追赶黑夜
又被另一群黑夜
追赶

1981 年 11 月

生　日

因为生日
我得到了一个彩色的钱夹
我没有钱
也不喜欢那些乏味的分币

我跑到那个古怪的大土堆后
去看那些爱美的小花
我说，我有一个仓库了
可以用来贮存花籽

钱夹里真的装满了花籽
有的黑亮、黑亮
像奇怪的小眼睛
我又说，别怕
我要带你们到春天的家里去
在那儿，你们会得到
绿色的短上衣

和彩色花边的布帽子

我有一个小钱夹了
我不要钱
不要那些不会发芽的分币
我只要装满小小的花籽
我要知道她们的生日

1981 年 12 月

白　夜

在爱斯基摩人的雪屋里
燃烧着一盏
鲸鱼灯

它浓浓地燃烧着
晃动着浓浓的影子
晃动着困倦的桨和自制的神

爱斯基摩人
他很年轻，太阳从没有
越过他的头顶
为他祝福，为他棕色的胡须
他只能严肃地躺在
白熊皮上，听着冰
怎样在远处爆裂
晶亮的碎块，在风暴中滑行

他在想人生

他的妻子

佩戴着心爱的玻璃珠串

从高处，把一垛垛

刚交换来的衣服

抛到他身上

埋住了他强大而迟缓的疑问

他只有她

自己，和微微晃动的北冰洋

一盏鲸鱼灯

1981 年 7 月

在大风暴来临的时候

在大风暴来临的时候
请把我们的梦，一个个
安排在靠近海岸的洞窟里
那里有熄灭的灯和石像
有玉带海雕留下的
白绒毛，在风中舞动
是呵，我们的梦
也需要一个窝了
一个被太阳光烘干的
小小的、安全的角落

该准备了，现在
就让我们像企鹅一样
出发，去风中寻找卵石
让我们带着收获归来吧
用血液使他们温暖
用灵魂的烛火把他们照耀

这样，我们才能睡去
——永远安睡，再不用
害怕危险的雨
和大海变黑的时刻

这样，才能醒来，他们
才能用喙啄破湿润的地壳
我们的梦想，才能升起
才能变成一大片洁白
年轻的生命，继续飞舞，他们
将飞过黑夜的壁板
飞过玻璃纸一样薄薄的早晨
飞过珍珠贝和吞食珍珠的海星
在一片湛蓝中
为信念燃烧

1982 年 1 月

风 的 梦

在冬天那个巨大的白瓷瓶里
风呜呜地哭了很久
后来，他很疲倦
他相信了，没有人听见
没有道路通向南方
通向有白色鸟群栖息的城市
那里的花岗石都喜爱露水
他弯弯曲曲地睡着了

像那些永远在祈求谅解的柽柳树
像那些树下
冬眠的蛇

他开始做梦
梦见自己的愿望
像星星一样，在燧石中闪烁
梦见自己在撞击的瞬间

挣扎出来，变成火焰
他希望那些苍白的手
能够展开
变得柔和而亲切
再不会被月亮的碎片
割破

后来，他又梦见一个村庄
像大木船一样任性地摇动
在北方的夜里
无数深颜色的波纹
正在扩展
在接近黎明的地方
变成一片浅蓝的泡沫

由于陌生的光明
狗惊慌地叫着
为了主人
为了那些无关的惧怕和需要
汪汪地叫着
在土墙那边是什么落进了草堆

最后，他梦见
他不断地醒来
一条条小海鱼钻进泥里
沾着沙粒的孩子聚在一起
像一堆怪诞的黄色石块
在不远的地方
波浪喘息一下
终于沿着那些可爱的小脊背
涌上天空

在湿淋淋的阳光中
没有尘土
贝壳们继续眯着眼睛

春天，春天已经来了
很近
在别人不注意的时候
换上淡紫色的长裙

是的，他醒了
醒在一个明亮的梦里
凝望着梳洗完毕的天空

他在长大

按照自己的愿望年轻地生长着

他的腿那么细长

微微错开

在远处，摇晃着这片土地

1982 年 4 月

等待黎明

这一夜
风很安静
竹节虫一样的桥栏杆
悄悄爬动着
带走了黄昏时的小灌木和
他的情人

我在等

钟声
沉入海洋的钟声
石灰岩的教堂正在岸边融化
正在变成一片沙土
在一阵阵可怕的大暴雨后
变得温暖而湿润

我等

我站着

身上布满了明亮的泪水

我独自站着

高举着幸福

高举着沉重得不再颤动的天空

棕灰色的圆柱顶端

安息着一片白云

最后

舞会散了

一群蝙蝠星从这里路过

她们别着黄金的胸针

她们吱吱地说：

你真傻

灯都睡了

都把自己献给了平庸的黑暗

影子都回家了，走吧

没有谁知道你

没有谁需要

这种忠诚

等

你是知道的
你需要
你亮过一切星星和灯
我也知道
当一切都静静地
在困倦的失望中熄灭之后
你才会到来
才会从身后走近我
在第一声鸟叫醒来之前
走近我
摘下淡绿色长长的围巾

你是黎明

1982 年 2 月

我的一个春天

在木窗外
平放着我的耕地
我的小牦牛
我的单铧犁

一小队太阳
沿着篱笆走来
天蓝色的花瓣
开始弯曲

露水害怕了
打湿了一片回忆
受惊的蜡嘴雀
望着天极

我要干活了
要选梦中的种子

让它们在手心闪耀

又全部撒落水里

1982 年 2 月

爱的日记

我好像，终于
碰到了月亮
绿的，渗着蓝光
是一片很薄的金属纽扣吧
钉在紫绒绒的天上

开始，开始很凉

漂浮的手帕
停住了
停住，又漂向远方
在棕色的萨摩亚岸边
新娘正走向海洋

不要，不要想象

永恒的天幕后

会有一对鸽子

睡了，松开了翅膀

刚刚遗忘的吻

还温暖着西南风的家乡

没有，没有飞翔

1982 年 2 月

附注 西萨摩亚人的婚礼是在大海中进行的。

给我逝去的老祖母（之一）

终于
我知道了死亡的无能
它像一声哨
那么短暂
球场上的白线已模糊不清

昨天，在梦里
我们分到了房子
你用脚擦着地
走来走去
把自己的一切
安放进最小的角落

你仍旧在深夜里洗衣
哼着木盆一样
古老的歌谣
用一把断梳子
梳理白发

你仍旧在高兴时
打开一层一层绸布
给我看
已经绝迹的玻璃纽扣
你用一生相信
它们和钻石一样美丽

我仍旧要出去
去玩或者上学
在拱起的铁纱门外边
在第五层台阶上
点燃炉火，点燃炉火
鸟兴奋地叫着
整个早晨
都在淡蓝的烟中飘动

你围绕着我
就像我围绕着你

1982 年 3 月

附注 老祖母是顾城母亲的外祖母，顾城喊婆婆，带大顾城。

给我逝去的老祖母（之二）

你就这样地睡了

在温热的夏天
花落在温热的石阶上
院墙那边是萤火虫
和十一岁的欢笑
我带着迟迟疑疑的幸福
向你叙说小新娘的服饰
她好像披着红金鲤鱼的鳞片
你把头一仰
又自动低下

你就这样地睡了

在黎明时
暴雨变成了珍贵的水滴
喧哗蜷曲着

小船就躺在岸边
闪光，在瞬间的休眠里
变成水洼，弧形的
脚印是没有的
一双双洁白的白球鞋
失去了弹性

你就这样地睡了

在最高一格
在屏住呼吸的
淡紫色和绿色的火焰中
厚厚的玻璃门滑动着
“最后”在不断缩小
所有无关的人都礼貌地
站着，等待那一刻消失
他们站着
像几件男式服装

你就这样地睡了

在我的手里

你松弛的手始终温暖
你的表情是玫瑰色的
眼睛在移动
在棕色的黄昏中移动
你在寻找我
在天空细小的晶体中寻找
路太长了
你只走了一半

你就这样地睡了

在每天都越过的时刻前
你停住了
永远停住
白发在烟雾里飘向永恒
飘向孩子们晴朗的梦境
我和陆地一起漂浮
远处是软木制成的渔船
声音，难于醒来的声音
正淹没一片沙滩

你就这样一次次地睡去了

在北方的夜里

在穿越过

干哑的戈壁滩之后

风变笨了

变得像装甲车一样笨重

他努力地移动自己

他要完成自己的工作

要在失明的窗外

拖走一棵跌倒的大树

1982年3月

设计重逢

沾满煤灰的车辆
晃动着，从道路中间滚过
我们又见面了

我，据说老了
已经忘记了怎样跳跃
笑容像折断的稻草
而你，怎么说呢
眼睛像一滴金色的蜂蜜
健康得想统治世界
想照耀早晨的太阳面包

车站抬起手臂
黑天牛却垂下了它的触角

你问我
在干什么

我说，我在编一个寓言小说
在一个广场的边缘
有许多台阶
它们很不整齐，像牙齿一样
被损坏了，缝隙里净是沙土
我的责任
是在那里散步
在那里研究，蚂蚁在十字架上的
交通法则

当然这样的工作
不算很多

天快黑了
走吧，转过身去
让红红绿绿的市场在身后歌唱
快要熄灭的花
依旧被青草们围绕
暖融融的大母牛在一边微笑
把纯白的奶汁注入黑夜

在灵魂安静之后

血液还要流过许多年代

1982 年 3 月

我会像青草一样呼吸

我会像青草一样呼吸
在很高的河岸上
脚下的水渊深不可测
黑得像一种鲇鱼的脊背

远处的河水渐渐透明
一直飘向对岸的沙地
那里的起伏充满诱惑
困倦的阳光正在休息

再远处是一片绿光闪闪的树林
录下了风的一举一动
在风中总有些可爱的小花
从没有系紧紫色的头巾

蚂蚁们在搬运沙土
绝不会因为爱情而苦恼

自在的野蜂却在歌唱
把一支歌献给了所有花朵

我会呼吸得像青草一样
把轻轻的梦想告诉春天
我希望会唱许多歌曲
让唯一的微笑永不消失

1982 年 3 月

小春天的谣曲

我在世界上生活
带着自己的心
　　　　　　　　哟！心哟！自己的心
　　　　　　　　那枚鲜艳的果子
　　　　　　　　曾充满太阳的血液
我是一个王子
心是我的王国
　　　　　　　　哎！王国哎！我的王国
　　　　　　　　我要在城垛上边
　　　　　　　　转动金属的大炮
我要对小巫女说
你走不出这片国土
　　　　　　　　哦！国土哦！这片国土
　　　　　　　　早晨的道路上
　　　　　　　　长满了凶猛的灌木
你变成了我的心
我就变成世界

呵！世界呵！变成世界

蓝海洋在四周微笑

欣赏着暴雨的舞蹈

1982年4月

小花的信念

在山石组成的路上
浮起一片小花

它们用金黄的微笑
来回报石块的冷遇

它们相信
最后，石块也会发芽
也会粗糙地微笑
在阳光和树影间
露出善良的牙齿

1981 年 4 月

港口写生

在淡淡的夜海边
散布着黎明的船队
新油漆的尾灯上
巨大的露水在闪光

那些弯曲的锚链
多想被拉得笔直
铁锚想缩到一边
变成猛禽的利爪

摆脱了一卷绳索
少年才展开身体
他眯起细小的眼睛
开始向往天空

由于无限的自由
水鸟们疲倦不堪

它们把美丽的翅膀
像折扇一样收起

准备远行的大鹅
在笼子里发号施令
它们奉劝云朵
一定要坚持午睡

空气始终鲜美
帆樯在深深呼吸
渐渐滑落的影子
遮住了半个甲板

没有谁伸出手去
去拨开那层黄昏
深海像傍晚般沉默
充满了凉凉的暗示

那藻丝铺成的海床
也闪着华贵的光亮
长久俯卧的海胆
样子十分古怪

在这儿休息的灵魂
总缺少失眠的痛苦
甚至连呼吸的义务
也由潮汐履行

它们都不是少年
不会突然站起
但如果有船队驶过
也会梦见鸟群

1982 年 4 月

生命的愿望

一

春天来的时候
木鞋上还沾着薄雪
山坡上霸道的小灌木
还没有想到梳头

春天走的时候
每朵花都很奇妙
她们被水池挡住去路
静静地变成了草莓

二

所有青色的骑士
都渴望去暴雨中厮杀
都想面对密集的阳光

庄严地一动也不动

秋风将吹过山谷
荣誉将变得暗淡
黑滚珠一样的小田鼠
将突然窜过田野

三

即使星球熄灭了
果实也会燃烧
在印加帝国的酒窖里
储存着太阳的血液

浮雕上聚集着水汽
生命仍在要求
它将在地下生长
变成强壮的根块

1982 年 5 月

归　来

许多暖褐色的鸟
消失在
大地尽头
一群强壮的白果树
正唤我同去
他们是我的旅伴
他们心中的木纹
像回声一样美丽

我不能面对他们的呼唤
我微笑着
我不能说：不
我知道他们要去找
那片金属的月亮
要用手
亲切地擦去
上面的湿土

我不能说：不

不能诚实地回答

那片月亮

是我丢的

是我故意丢的

因为喜欢它

不知为什么

还要丢在能够找到的地方

现在，他们走了

不要问，好吗

关上木窗

不要听河岸上的新闻

眼睛也不要问

让那面帆静静落下

我要看看

你的全部天空

不要问我的过去

那些陈旧的珊瑚树

那水底下

漂着泥絮的城市
船已经靠岸
道路已在泡沫中消失
我回来了
这就是全部故事

我要松开肩上的口袋
让它落在地板上
发出沉重的声响
思想一动不动
我累了
我要跳舞
要在透明的火焰里
变得像灰烬般轻松

别问，我累了
明天还在黑夜那边
还很遥远
北冰洋里的鱼
现在，不会梦见我们
我累了，真累

我想在你的凝视中
休息片刻

1982 年 5 月

郊　外

一个泥土色的孩子
跟随着我
像一个愿望

我们并不认识
在雾蒙蒙的郊外走着
不说话

我不能丢下她
我也曾相信过别人
相信过早晨的洋白菜
会生娃娃
露水会东看西看
绿荧荧的星星不会咬人
相信过
在野树叶里
没有谁吃花

蜜蜂都在义务劳动
狼和老树枝的叹息
同样感人

被压坏的马齿苋
从来不哭
它只用湿漉漉的苦颜色
去安慰同伴

我也被泥土埋过
她比我那时更美
她的血液
像红宝石一样单纯
会在折断的草茎上闪耀
她的额前
飘着玫瑰的呼吸

我不能等
不能走得更快
也不能让行走继续下去
使她忘记回家的道路

就这样

走着

郊野上雾气蒙蒙

前边

一束阳光

照着城市的侧影

锯齿形的烟

正在飘动

1982 年 6 月

童年的河滨

我们常飘向童年的河滨
锥形的大沙堆代替了光明
石块迸裂后没有被腐蚀
淡淡的起伏中闪动黄金

是孩子就可以跳着走路
把塑料鞋一下丢进草丛
铁塔锈蚀得凸凸凹凹
比炸鱼的脆壳还要诱人

那陈旧的遗憾会纷纷坠落
孩子们还是要向上攀登
斜线和直线消失在顶端
乔木并没有让出天空

高处的娃娃在捕捉光斑
“真美呀”渔夫忽然叹息一声

他是我，也是你，都是真的
他在那儿代表着真实的我们

大自然宏伟得像一座教堂
深深的墨绿色是最浓的宁静
在蝉声和蜘蛛丝散落之后
自信的小木板就漂进森林

想烫发的河水总是拥挤
不知为什么去参观树洞
那银制的圣诞节竟然会融化
滑冰的长影子也从此失踪

最好是用单线画一条大船
从童年的河滨驶向永恒
让我们一路上吱吱喳喳
像小鸟那样去热爱生命

1982 年 6 月

有时，我真想

——侍者的自语

有时，我真想
整夜整夜地去海滨
去避暑胜地
去到疲惫的沙丘中间
收集温热的瓶子——
像日光一样白的，像海水一样绿的
还有棕黄色
谁也不注意的愤怒

我知道
那个唱醉歌的人
还会来，口袋里的硬币
还会像往常一样。错着牙齿
他把嘴笑得很歪
把轻蔑不断喷在我脸上

太好了，我等待着
等待着又等待着
到了，大钟发出轰响
我要在震颤间抛出一切
去享受迸溅的愉快
我要给世界留下美丽危险的碎片
让红眼睛的上帝和老板们
去慢慢打扫

1982 年 6 月

门　前

我多么希望，有一个门口
早晨，阳光照在草上

我们站着
扶着自己的门扇
门很低，但太阳是明亮的

草在结它的种子
风在摇它的叶子
我们站着，不说话
就十分美好

有门，不用开开
是我们的，就十分美好

早晨，黑夜还要流浪
我们把六弦琴给他
我们不走了，我们需要

土地，需要永不毁灭的土地
我们要乘着它
度过一生

土地是粗糙的，有时狭隘
然而，它有历史
有一分天空，一分月亮
一分露水和早晨

我们爱土地
我们站着，用木鞋挖着
泥土，门也晒热了
我们轻轻靠着
十分美好

墙后的草
不会再长大了
它只用指尖，触了触阳光

1982 年 8 月

附注 作者曾将第四段以下删去，二者各有深意。

窗外的夏天

那个声音在深夜里哭了好久
太阳升起来
所有雨滴都闪耀一下
变成了温暖的水气
我没有去擦玻璃
我知道天很蓝
每棵树都奓着头发
在那嘎嘎地错着响板
都想成为一只巨大的捕食性昆虫

一切多么远了

我们曾像早晨的蝉一样软弱
翅膀是湿的
叶片是厚厚的，我们年轻
什么也不知道，
不想知道

只知道，梦会飘
会把我们带进白天
云会在风中走路
湖水会把光亮聚成火焰

我们看着青青的叶片

我还是不想知道
没有去擦玻璃
墨绿色的夏天波浪起伏
桨在敲击
鱼在分开光滑的水流
红游泳衣的笑声在不断隐没

一切多么远了

那个夏天还在拖延
那个声音已经停止

1982 年 8 月

在尘土之上

尘土可以埋葬村庄
可以埋葬水
埋葬树林
埋葬在水边开出大片花朵的愿望
可以在远离水鸟的内陆
吸一口气
让风吹出细细的波浪

我始终相信
人类不会这样灭亡
雨在谷物和新鲜的平原上飘洒
他们在密集地走动
紫云英在软软的墓地上生长
他们走动的姿态在渐渐改变
天空开始晴朗

淡蓝色的天光，青春
闪在一个又一个少女脸上

1982 年 8 月

分别的海

我不是去海边
取蓝色的水
我是去海上捕鱼
那些白发苍苍的海浪
正靠在礁石上
端详着旧军帽
轮流叹息

你说：海上
有好吃的冰块在漂
别叹气
也别捉住老渔夫的金鱼
海妖像水螅
胆子很小
别捞东方瓶子
里边有魔鬼在生气

我没带渔具
没带沉重的疑虑和枪
我带心去了
我想，到空旷的海上
只要说，爱你
鱼群就会跟着我
游向陆地

我说：你别关窗子
别移动灯
让它在金珐琅的花纹中
燃烧
我喜欢精致的赞美
像海风喜欢你的头发
别关窗子
让海风彻夜吹抚

我是想让你梦见
有一个影子
在深深的海渊上漂荡
雨在船板上敲击
另一个世界里没有呼喊

铁锚静默地
穿过了一丛丛海草

你说：能听见
在暴雨之间的歌唱
像男子汉那样站着
抖开粗大的棕绳
你说，你还能看见
水花开放了
下边是
乌黑光滑的海流

我还在想那个瓶子
从船的碎骨中
慢慢升起
它是中国造的
绘着淡青的宋代水纹
绘着鱼和星宿
淡青水纹是它们的对话

我说，还有那个海湾
那个尖帽子小屋

那个你

窗子开着，早晨

你在黑发中沉睡

手躲在细棉纱里

那个中国瓷瓶

还将转动

1982 年 8 月

在白天熟睡

人们在黑夜里惊醒
又在白天熟睡

他们半闭着眼睛微笑
慢慢转过脸去
阳伞也会转动
花朵会放好裙子
松懈的恋人
会躺在绿长椅上发呆
石块上睡着胖娃娃和母亲
稀脏的男孩会把腿弄弯
哼哼着要去看狗熊
老人会通烟斗
会把嘴难受地张大

太阳也在熟睡
在淡蓝的火焰中呼吸

瞬间没有动
云和石棉是雪白的
铝是崭新的
银闪闪变形的疼痛
正在一粒粒闪耀

夜晚也没有移动
在照相馆
风凉凉地吹着
在各种尺寸的微笑后面
风凉凉地吹着
那个空暗盒是空的
灰尘在发困

1982 年 8 月

铁　铃

——给在秋天离家的姐姐

一

你走了
还穿着那件旧衣服
你疲倦得像叶子，接受了九月的骄阳
你突然挥起手来，让我快点回家
你想给我留下快乐，用闪耀掩藏着悲哀
你说：你干事去吧，你怕我浪费时间
你和另一个人去看海浪，海边堆满了果皮
你不以为这是真的，可真的已经到来
你独自去接受一个宿命，祝福总留在原地

二

你走了
妈妈慌乱地送你
她抓住许多东西，好像也要去海上漂浮

秋草也慌乱了，不知怎样放好影子
它们议论纷纷，损害了天空的等待
这是最后的空隙，你忽然想起玩棋子
把白色和黑色的玻璃块，排成各种方阵
我曾有过八岁，喜欢威吓和祈求
我要你玩棋子，你却喜欢皮筋

三

　　你走了
　　我们都站在岸边
我们是亲人，所以土地将沉没
我不关心火山灰，我只在想那短小的炉子
火被烟紧紧缠着，你在一边流泪
我们为关不关炉门，打了最后一架
我们打过许多架，你总赞美我的疯狂
我为了获得钦佩，还吞下过一把石子
你不需要吞咽，你抽屉里有奖状

四

　　你走了
　　小时候我也在路上想过

好像你会先去，按照古老的习惯
我没想过那个人，因为习惯是抽象的螺纹
我只是深深憎恨，你的所有同学
她们害怕我，她们只敢在门外跺脚
我恨她们蓝色的腿弯，恨她们把你叫走
你们在树林中跳舞，我在想捣乱的计划
最后我总沾满白石灰，慢慢地离开夜晚

五

　　你走了
　　河岸也将把我带走
这是昏黄的宿命，就像鸟群在枝头惊飞
我们再也不会有白瓷缸，再也不会去捉蝌蚪
池塘早已干涸，水草被埋在地下
我们长大了，把小衣服留给妈妈
褪色的灯芯绒上，秋天在无力地燃烧
小车子抵着墙，再无法带我们去远游
童年在照相本里，尘土也代表时间

六

　　你走了

一切都将改变
旧的书损坏了，新的书更爱整洁
书都有最后一页，即使你不去读它
节日是书笺，拖着细小的金线
我们不去读世界，世界也在读我们
我们早被世界借走了，它不会放回原处
你向我挥挥手，也许你并没有想到
在字行稀疏的地方，不应当读出声音

七

你走了
你终究还会回来
那是另一个你吗？我永远不能相信
白天像手帕一样飘落，土地被缓缓挂起
你似乎在远处微笑，但影像没有声音
好像是十几盘胶片，在两处同时放映
我正在广场看上集，你却在幕间休息
我害怕发绿的玻璃，我害怕学会说谎
我们不是两滴眼泪，有一滴已经被擦干

八

你走了

一切并没有改变

我还是我，是你霸道的弟弟

我还要推倒书架，让它们四仰八合

我还要跳进大沙堆，挖一个潮湿的大洞

我还要看网中的太阳，我还要变成蜘蛛

我还要飞进古森林，飞进发黏的琥珀

我还要丢掉钱，去到那条路上趟水

我们还要一起挨打，我替你放声大哭

九

你走了

我始终一点不信

虽然我也推着门，并且古怪地挥手

一切都要走散吗，连同这城市和站台

包括开始腐烂的橘子，包括悬挂的星球

一切都在走，等待就等于倒行

为什么心要留在原处，原处已经走开

懂事的心哪，今晚就开始学走路

在落叶纷纷的尽头，总摇着一串铁铃

1982 年 9 月

我们只有夜晚

白天属于工作
我们只有夜晚
夜，又这么短
这么暗淡
我们不能沿着那条
古怪的路
走得更远
不能绕过那些
住着齿轮和火的房屋
走向那边
走向已经安静的昨天
我们总听见
娇气的小星星和米兰
在说：灯
多么讨厌，多么刺眼

呵，不

灯不讨厌

我们总在路灯下相见

我们已经习惯

我想：你一定是

海的女儿

你是深蓝色的

你的微笑

像大海深处

无声的波澜

我在微笑中漂荡

再不遗憾

遗憾夜

和它的暗淡

你深蓝色的微笑

是最美的

它胜过早晨

所有最美的早晨

所有在早晨

播撒光辉的海岸

1981 年 8 月

南国之秋（之一）

橘红橘红的火焰
在潮湿的园林中悬浮
它轻轻嚼着树木
雨蛙像脆骨般鸣叫

一环环微妙的光波
荡开天空的浮草
新月像金鱼般一跃
就代替了倒悬的火苗

满天渗化的青光
此刻还没有剪绒
秋风抚摸着壁毯
像订货者一样认真

烟缕被一枝枝抽出
像是一种中药

它留下了发黑的洞穴
里边并没住野鼠

有朵晚秋的小花
因温暖而变得枯黄
在火焰逝去的地方
用双手捧着灰烬

1982 年 11 月

南国之秋（之二）

红色和黄色的电线
穿过大理石廊檐
同样美丽的水滴
总在对视中闪耀

高处有菱形的金瓦
下边有水斗嬷嬷
雨水刚学会呜咽
就在台阶上跌碎

噼噼啪啪的水花
使蚊子感到惊讶
它们从雨中逃走
又遇到发颤的钟声

至今在铁棍之间
还扭动着一种哀怨

大猩猩嚼着花朵
不断想一只鳄鱼

四野都漂着大雁
都漂着溺死的庄稼
忍冬树活了又活
夜晚还没有到来

1982 年 11 月

南国之秋（之三）

我要在最细的雨中
吹出银色的花纹
让所有在场的丁香
都成为你的伴娘

我要张开梧桐的手掌
去接雨水洗脸
让水杉用软弱的笔尖
在风中写下婚约

我要装作一名船长
把铁船开进树林
让你的五十个兄弟
徒劳地去海上寻找

我要像果仁一样洁净
在你的心中安睡

让树叶永远沙沙作响
也不生出鸟的翅膀

我要汇入你的湖泊
在水底静静地长成大树
我要在早晨明亮地站起
把我们的太阳投入天空

1982年11月

海中日蚀

天空奇异地放大了
放大了黑色的太阳
一队队大鲸鱼的影子
随之潜入深海
鱼群一片惊慌

所有镀镍的传令钟
都发出一阵喧响

惊慌。惊慌的夜晚
危险异常，幸亏
还有思想，思想会发亮
假如精致的小玩具
都穿在钥匙链上

谁会这样选择坟场
要鲸鱼的胃，不要波浪

链上。链上也拴着时光
还有锚，还有渔人的标枪
黑夜不会太长
在绿荧荧的海藻中间
还会有童话生长

海底柔软的大森林
还在困倦地飘荡

生长。生长就是希望
你看那玻璃球中的珊瑚
总是非常漂亮
总给洁白的纸张
留下一种影象

可是纯洁的小鸟呢?
怎么不飞? 怎么不歌唱?

影象。影象一动不动
她在战胜死亡
火焰高贵地燃烧着

她在战胜死亡
呵！太阳、太阳、太阳

尖厉的呼叫声突然响起
释放了一切色彩和光

太阳。太阳在重新微笑
在一动不动，注视着
风暴中
浓密翻滚的愿望

1982 年

一只船累了

一只船累了
在拥挤的波浪中
慢慢下沉

所有庄严驶过的船队
都发表了忠告
或表示了同情

年迈的渔船说：
“当心，你已经漏了
漏了就不宜航行。”

英武的军舰说：
“振奋！你应当振奋精神
不要自甘沉沦。”

胖大的客轮说：

“不幸，这是最大的不幸，
我将怀念你的身影。”

最后一分钟
船队全都走远了
他们尽到了责任

留下了忠告
留下了同情
虽然忘记了救生小艇

1981 年 9 月

海峡那边的平安

没有出海的人
都平安了
都在陆地上观看
波浪一下下摇散了头发
吐出凉凉的舌头
没有看见
鱼鳍形的帆
侧过身沿着岸边逼近
渔灯又红又暗
表示累了
一只手松开妻子的发簪
螃蟹不知为什么挣扎着
变成铜板

所有出海的人
都平安了
都在本能收缩的水面下

安睡

水母守护着他们

再不会梦见

那些数字

和古老的蟑螂一起爬着

离开了账单

上天的风

正嗡嗡吹过海岸

人和贝壳

鸣叫着

灰白色的存在存在着

平安

1982 年 12 月

老　人（之一）

老人
坐在大壁炉前
他的额在燃烧

他看着
那些颜色杂乱的烟
被风抽成细丝
轻轻一搓
然后拉断

迅速明亮的炭火
再不需要语言

就这样坐着
不动
也不回想
让时间在身后飘动

那洁净的灰尘
几乎触摸不到

就这样
不去哭
不去打开那扇墨绿的窗子
外边没有男孩
站在健康的黑柏油路上
把脚趾张得开开的
等待奇迹

1982 年 5 月

老　人（之二）

在玻璃外边
有人说：病了
我就想到你

走廊从一个地方开始
右转弯
你住在北边

每天都在北边
二十年了
门外是门，是屋子，是阳台
窗外是窗子，是阳台
下边很深
据说有土地

永远是北窗
明晃晃的中午，都一样

南边，空着
放凉了糖水一样的阳光

永远是北窗
从床的一头观看
目光小心地、终于没碰到什么
放松一下
鸽子会在屋顶上出现

门动了动
没有人
门下有一线光亮，没人
北边是清淡的
像是没有茶叶的茶水
没有人和你说话

你的女儿死了，很早
在路上
那是她的红箱子，她的钟
她的女儿长大了
在为她的女儿工作

今天，风真大
就想想她吧
所有的线都断了
穿不上了，还有东西要补
影子总在那儿，在窗外
总比玻璃平静

有过一个铜壶
旧的，放在火上
干枯的树枝在相互抚摸
唱着：把阳光还给太阳
每一次倾注
都使灰尘翻腾

多好哦，多好
死是暖和的
台阶是危险的
所有人都爱过一次
醒来，并不奇怪

1982 年 12 月

暮　年

你独自走上平台
你妻子
已被黑丝绒覆盖
墓地并不遥远
它就悬挂在太阳旁边
回忆使人感到温暖
日蚀后
嗡嗡逃走的光线
使人想到
一个注满土蜜的蜂巢

一切并不遥远
真的
天蓝色的墓石
会走来
会奉献那些纯金熔出的
草叶和鸟雀

它们会彻夜鸣叫
在你的四周
在早晨
会伪装成细小的星星

你搜集过许多星星
曾涉过黎明的河
去红松林
去看一位老者
他的女儿是启明星
而他像一片雪地
树皮在剥落
春天在变成云朵
终于有一双红靴子
穿过了森林小路

你曾赤着脚
长久地站着
细心地修理一块壁板
你使椴木润滑
现出绢丝的光亮
又一点点刷上清漆

你在新房中
画满东方的百合
你的新娘
就是傍晚的花朵

你曾在天黑以后
从窗帘后退进山谷
巫师在烧火
偷猎者在山顶唱歌
一大群石子
拖着尾巴
在摩擦生铁的容器
有一勺锡水
想变成月亮
绝望地向四面溅开

你曾被焚烧过
被太阳舔过
你曾为那只大食蚁兽
而苦恼
它就在战场尽头
你的钢盔油亮

你像甲虫一样
拼命用脚拨土
直到凯旋柱当啷一响
打翻了国会和菜盆

你稳稳地站起来
你独自走下平台
你被晒得很暖
像一只空了的鸟巢
雨季已经过去
孩子们已经飞散
南风断断续续地哭着
稻束被丢在场上
稻束被丢在场上
阳光在松松地散开

1982 年 10 月

在这宽大明亮的世界上

在这宽大明亮的世界上
人们走来走去
他们围绕着自己
像一匹匹马
围绕着木桩

在这宽大明亮的世界上
偶尔，也有蒲公英飞舞
没有谁告诉他们
被太阳晒热的所有生命
都不能远去
远离即将来临的黑夜
死亡是位细心的收获者
不会丢下一穗大麦

1981 年 7 月

佛　语

我穷

没有一个地方，可以痛哭

我的职业是固定的

固定地坐在那儿

坐一千年

来学习那种最富有的笑容

还要微妙地伸出手去

好像把什么交给了人类

我不知道能给什么

甚至也不想得到

我只想保存自己的泪水

保存到工作结束

深绿色的檀香全都枯萎

干燥的红星星

全部脱落

1982 年 5 月

来 临

请打开窗子，抚摸飘舞的秋风
夏日像一杯浓茶，此刻已经澄清
再没有噩梦，没有蜷缩的影子
我的呼吸是云朵，愿望是歌声

请打开窗子，我就会来临
你的黑头发在飘，后面是晴空
响亮的屋顶，柔弱的旗子和人
它们细小地走动着，没有扬起灰尘

我已经来临，再不用苦苦等待
只要合上眼睛，就能找到嘴唇
曾有一只船，从沙岸飘向陡壁
阳光像木桨样倾斜，浸在清凉的梦中

呵，没有万王之王，万灵之灵
你是我的爱人，我不灭的生命

我要在你的血液里，诉说遥远的一切
人间是陵园，覆盖着回忆之声

1982 年 8 月

两组灵魂的和声

A：

不要再想了

那些刻在石头块上的日子

它们湿漉漉地，停在那里

用伤痕组成了巨大的表情，沉重

而又不可诉说

打击正在停止

浅颜色的，节日的灰烬

雪

正在飘落

你好吗？好

高高的领圈浸着水汽，短树枝

被剪断，丢在地上

组成了新的文字、新的

由于经常执政的春天

法则

走过，静静走过，没有多少观众

红灯

就在路口，涂下了

美丽的鲜艳，在

和谐的灰色中燃烧，在冰水中

美丽的

你说

鸟

一个奇怪的影子，飞了

B：

不要想了

好吗？

把你的手给我，让它在温暖的海上漂动

每个手指，都属于波浪

给我

宽阔的吻，正在沙滩上醒来

给我

山也惊醒了

锋利的鳞片，一道道竖起

闪电

曲曲折折地注入骨骼

大森林由于恐惧把自己点燃

火

那沉船上多彩的瓷器和鹦鹉螺呢？

那粗糙的沙岩和牡蛎呢？

摇动一下

依旧冰冷地爱着

悬殊的白矮星和红巨星，也含情脉脉

你继续走吧

就像在路口，飘走的气球

走吧

像布娃娃那样笑一下

走吧

黄羚羊需要空地

天空需要颜色

你需要我

A：

不要再想了

大地不会因为行走，一个人

而变得荒凉

银白色的痛苦，已被冻结在一起

为什么

还企图听见花朵？

细细的篱笆墙，划着透明的风

村庄弯出了一条小路

没有收获

走，是吗

我

在重新排列的，北方高地的上空

黎明，正在组建他的军队

含金的，尖利的月牙

在一排排生铁的兵器中闪射

鱼鳍大大张开，在游动中变成了旗帜

风在炮口，新鲜的红铜上

吹着

歌

是我们歌唱的时候了

进攻

让命运在绽裂的星星中，一千颗星星

中死去

让穿兔皮衣的小天使，去悄悄

亲吻快乐

歌

是我们用歌声敲击灵魂的时候了

是么？是的

B：

不要想了

那些吓人的石头墙和

魔鬼，不过是一件黑披风

现在躺在衣架下，失去了一切

躺着，灰尘是胜利者

不要想了

不用想了，不用

看着我，像天空的凯旋门注视着

湖泊

我是你的
没有返回的波纹、微笑、困惑
我是你的
把我变成呼吸、云朵、淡紫色环形的大气吧

我是你的
你的、你的、你的
你听
悬挂的黎明摇荡着，钟形的琥珀花
布满了田野，从细小的
火星，直到属于山间巨石的震颤

响了
让我们不要说话
不要动，记住这和死亡同等神圣的
时刻

欢乐变成大海，痛苦就会变成珊瑚的粉末
是么？

是的
在永远洁净的平台下

水鸟们正在沐浴

　　　　　　　　绿绒绒的

丘陵起起伏伏，传递着太阳树上的苹果

1982 年 3 月

我曾是火中最小的花朵

我曾是火中最小的花朵
总想从干燥的灰烬中走出
总想在湿草地上凉一凉脚
去摸摸总触不到的黑暗

我好像沿着水边走过
边走边看那橘红飘动的睡袍
就是在梦中也不能忘记走动
我的呼吸是一组星辰

野兽的大眼睛里燃着忧郁
都带着鲜红的泪水走开
不知是谁踏翻了洗脚的水池
整个树林都在悄悄收拾

只是风不好，它催促着我
像是在催促一个贫穷的新娘
它在远处的微光里摇摇树枝

又跑来说有一个独身的烟囱——

“一个祖传的青砖镂刻的锅台
一个油亮亮的大肚子铁锅
红薯都在幸福地慢慢叹气
火钳上燃着幽幽的硫磺……”

我用极小的步子飞快逃走
在转弯时吮了吮发甜的树脂
有一棵小红松像牧羊少年
我哔哔剥剥笑笑就爬上树顶

我骤然像镁粉一样喷出白光
山坡时暗时亮扇动着翅膀
鸟儿撞着黑夜，村子敲着铜盆
我把小金饰撒在草中

在山坡的慌乱中我独自微笑
热气把我的黑发卷入高空
太阳会来的，我会变得淡薄
最后幻入蔚蓝的永恒

1982 年 10 月

溯　水

我习惯了你的美
就像你习惯了我的心
我们在微光中
叹一口气
然后相互照耀

在最深的海底
我们敢呼吸了
呼吸得十分缓慢
留在浅水中的脚
还没有变成鱼

它不会游走
冬天也在呼吸
谁推开夜晚的窗子
谁就会看到
海洋在变成洼地

有一个北方的离宫
可以从桥上走过
可以在水面上
亲吻新鲜的雪花
然后靠紧壁墙

温暖温暖的墙壁
小沙漠的、火的、太阳的
墙壁
真不相信
那就是你

真不相信
她就是你
在许多年前
在许多发亮的石块那边
她就是你

她低低地站着
眉心闪着天光
彩色的雨正在飘落

大风琴正冲击着彼岸

我在赞美上帝

1982 年 10 月

东方的庭院

因为寂静
我变成了老人
擦着广播中的锈
用砖灰
我开始挨近那堵墙
掘着湿土中的根须
透明的乐曲在不断涌出

墙那边是幼儿园
孩子在拍手
阳光在唯一的瞬间闪耀
湖水是绿的
阴影在亲吻中退去
草地上有大粒的露水
也有落叶

我喜欢那棵树

他的手是图案

他的样子很呆

在远处被洗净的台阶上

脚步停了

葡萄藤和铁栏杆

都会发明感情

草地上还有

纯银的蜘蛛丝

还有木俑般

走向大树的知了

还有那些蛤蟆

它们在搬运自己的肚子

它们想跳得好些

一切都想好些

包括秋天

他脱下了湿衣服

正在那里晾晒

包括美国西部的城镇

硬汉子，硬汉子

它们用铁齿轮说话

我是老人了

东方的庭院里一片寂静

生命和云朵在一个地方

鸟弯曲地叫着

阳光在露水中移动

我会因为热爱

而接近晴空

1982 年 10 月

繁　衍

古老的海岸
新鲜的沙滩
长满牡蛎的十字架
歪在一边

繁衍哪
懦弱而又大胆
在锈蚀的死亡上
寻找生的空间

1980 年 10 月

提线艺术

一

孩子们为花朵
捉住了蜜蜂
世界为自己
捉住了人
他把线穿在避雷针上
又把绳子绕在手上
他用另一只手
在脸上涂月光软膏
然后微微一沉
拉开了幕布

二

天亮了
所有人都开始

手舞足蹈

他们抓着有浮力的皮包

匆匆忙忙

从城东涌向城西

他们迈过了铁路

铁路上没有青草

沥青粘住石子

像是一种麻糖

三

那根线是鱼线

被水里的阳光粘住

所有愿望

都可以抽成透明的丝

只要诱惑

在水下进行

惊讶吗

那就绝望地跳跳

鱼终于学会了

使用鱼刺

四

高空垂下
忽轻忽重的光线
人类在嗡嗡长高
吊车在行哪国军礼
别去管它
只想
那朵花呀，那朵花
那只蜜蜂
尼斯怪兽在湖中醒来
野兔在田野飞奔

1982 年 10 月

寄 海 外

衰老是人类的不幸
是一片
渐渐稀疏的森林
但我相信
你没有颓唐
你心中仍充满单纯的
怀念
像一枚椰果
漂洋过海
在彼岸继续铺展着绿色的思情

我也是绿色的
在温热的国土上生长
为了证实民族的生命

1981 年 2 月

陌 生 人

一

无数冰凉的灵魂
环绕着我睡去
一盏盏灯，收回了它们的光

我留在夜的中心
灰白的广场上
雪花在冷冷地提醒着

灰烬还在燃烧
透明的余火多么柔和
——声音被盗走了吗？

圣洁的白幕被洞穿了
无数、无数
那是第一阵春雨

二

最细的雨就是雾
它洗不去污垢
所以就和暮色一起掩盖吧！

我想起了黄昏：
在凉风中爬行的阴影
紧贴着土墙的最后一缕夕光

我想起了黎明：
太阳像通红的婴儿
诞生在摇荡的山巅……

火的洗浴已经结束
你轻轻地飞吧，大气多么蓝——
信仰的纸灰呵！

三

你为什么变成了鸦群？
为什么在空谷回旋？

枯树像一架白骨

长长的苔丝
和黑暗胶结在一起
腐叶埋葬了小溪

世界缠成一团——
罪和爱，虚伪和名声，权力和路
只是忘却了我

我站着
既不会浸湿，也不会焚化
我是陌生人

1979 年 12 月

无名“英雄”

一个人决定
　　要像布鲁诺一样
坚持真理
　　并且有名
他在傍晚
　　写下了遗嘱和自传
交代了一生
　　(以免后人无法考证)
然后，跟着黄昏星
　　走向鲜花广场
行人三三两两
　　正在谈论航天旅行

他，站定
　　然后大声宣布
“地球是圆的，
　　它在绕太阳转动！”

咦？奇怪

　　怎么没有掌声

有两人斜了斜眼

　　——“神经病！”

一个人

　　同布鲁诺一样英勇

可惜

　　没有出名

当然

　　也没被活活烧死

时间是：

　　　二〇〇〇

1981 年 7 月

我不知道怎样爱你

我不知道怎样爱你

走私者还在岛上呼吸
那盏捕蟹的小灯
还亮着，红得
非常神秘，异教徒
还在冰水中航行
在兽皮帆上擦油
在桨上涂蜡
把底舱受潮的酒桶
滚来滚去

我不知道怎样爱你

岸上有凶器，有黑靴子
有穿警服的夜
在拉衬衣，贝壳裂了

石灰岩一样粗糙的
云，正在聚集
正在无声无息地哭
咸咸的，哭
小女孩的草篮里
没放青鱼

我不知道怎样爱你

在高低不等的水洼里
有牡蛎，有一条
被石块压住的小路
通向海底，水滴
在那里响着
熄灭了骤然跌落的火炬
铅黑黑的，凝结着
水滴响着
一个世纪，水滴

我不知道怎样爱你

在回村的路上

我变成了狗，不知疲倦地
恫吓海洋，不许
它走近，谁都睡了
我还在叫
制造着回声
鳞在软土中闪耀
风在粗土中叹气
扁蜗牛在舔泪迹

我不知道怎样爱你

门上有铁，海上
有生锈的雨
一些人睡在床上
一些人漂在海上
一些人沉在海底
彗星是一种餐具
月亮是银杯子
始终漂着，装着那片
美丽的柠檬，美丽

别说了

我不知道自己

1983 年 2 月

净　土

在秋天
有一个国度是蓝色的
路上，落满蓝莹莹的鸟
和叶片
所有枯萎的纸币
都在空中飘飞
前边很亮
太阳紧抵着帽檐
前边是没有的
有时能听见丁丁冬冬
的雪片

我车上的标志
将在那里脱落

1983 年 2 月

我相信歌声

我相信歌声

黎明是嘹亮的，大雁
一排排升起
在光影的边缘浮动
细小的雪兔
奔走着，好像有枪声
在很低的地方
鱼停在水闸的侧面
雾，缓缓化开
像糯米纸一样
好像有枪声
在小木桥那边
最美的是村子
那些长满硬鬃毛的屋顶
有些花在梦中开了
把微笑变成泪水

那么洁净地
等待亲吻，一个少年
醒得很早
呆呆地望着顶棚
货郎鼓在昨天丁丁冬冬
他早就不信薄荷糖了
不信春天的心
是绿的，绿得
透明

我相信歌声

在最新鲜的玉米地里
种子，变成了宝石
木制的城堡
开始咯咯抖动，地震
所有窗子都无法打开
门、门、楼梯间
喷出了幽幽的火焰
门！门后的圣母像
已老态龙钟
快垂下肩膀，憔悴一点

关上煤气的龛灯

一切都悄然无声

太阳就要来了

一切都悄然无声

太阳来了，它像变形虫一样

游着，伸出伪足

里边注满明亮的岩浆

窗帘也在燃烧前飘动

反光突然从四面

冲进市政大厅

宣布占领

早晨是一个年轻的公社

宣布：没收繁星

我相信歌声

乳色云化了，彩色玻璃

滴落到地上

到处都晃动着可疑的

热情，火从水管中流出

流到地上，沙土

像糖一样黏稠

一点一点露出白热的愿望
到处都晃动着可疑的
光明，呼吸
呼吸、醒、醒
不间断地把酒藏好
抽打七色花
让世界溅满斑斑油彩
快抽打七色花吧
家具笨重地跑过大街
在水边不断扑倒
巨大的风从琴箱中
涌出，黑人组成了铜鼓乐队
雷声在台阶上滚动
绳子，快拴住风
绳子！工作鞋在海上漂着
海洋在不断坍落
快拴住帆布的鸟群

我相信歌声

只有歌声，湿润的
小墓地上

散放着没有雕成的石块
含金的胶土板
记载着战争
我已做完了我的一切
森林和麦田已收割干净
我已做完了我的一切
只有歌声的蜂鸟
还环绕着手杖飞行
我走了很久
又坐下来搓手上的干土
过了一会儿
才听见另一种声音
那就是你
在拨动另一片海岸的树丛
你笑着，浴巾已经吹干
天上蒙着淡蓝的水气
你笑着，拨开树丛
渗入云朵的太阳
时现时隐，你笑着
向东方走来
摇落头上的纷纷阵雨

摇落时钟

我相信歌声

1983 年 3 月

我要成为太阳

我知道
那里有一片荒滩
阴云和巨大的海兽一起
蠕动着，爬上海岸
闪电的长牙
在礁石中咯咯作响

我知道
在那个地方
草痛苦地白了
黑玻璃弯成枝丫伸展着
像银环蛇
曲曲折折地闪光……
在那个地方
在倾斜的草坡上
有一个被打湿的小女孩，哭泣着
她的布头巾破了

鞋里灌满泥浆

她不是哭给妈妈看的
她是一个孤儿
孤零零地被丢在地平线上
像一棵
不许学习走路的小树
绝望

我要走向那个绝望的
地方，走向她……
我要吻去她脸上的泪水
我要摘去她心上的草芒
我要用哥哥的爱
和金色的泉水
洗去一切不幸
慢慢烘干她冰凉的头发
我要成为太阳

我的血
能在她那更冷的心里

发烫

我将是太阳

1981 年 6 月

我是你的太阳

我在悬浮的巨石间移动
我没有自己的光
尘埃在北方营地上嘤嘤消失

我没有一丝光亮
血液像淡淡的河水
一路上垂挂的是清晨的果实

在生长中轻轻回转
把潮湿的多足虫转向中午
草叶和打谷场爆出白色的烟缕

我知道红沙土的火将被鱼群吞食
在近处游着我的中指
我知道婚约投下的影子

所有海水都向我投出镜子

大平原棕色的注视
你的凝视使气流现出颜色

在你的目光里活着
永远被大地的光束所焚烧
为此我成为太阳，并且照耀

1984 年 3 月

倾听时间

钟滴滴答答地响着
扶着眼镜
让我去感谢不幸的日子
感谢那个早晨的审判
我有红房子了
我有黑油毡的板棚
我有圆鼓鼓的罐子
有慵懒的花朵
有诗，有潮得发红的火焰

我感谢着、听着
一直想去摸摸
木桶的底板
我知道它是空的、新的
箍得很紧
可是还想
我想它如果注满海水

纯蓝纯蓝的汁液
会不会微微摇荡

海水是自由的
它走过许多神庙
才获得了天的颜色
我听见过
它们在远处唱歌
在黄昏、为流浪者歌唱
小木桨漂着，它想家了
想在晚上
卷起松疏的草毯

好像又过了许多时候
钟还在响
还没说完
我喜欢靠着树静听
听时间在木纹中行走
听水纹渐渐地扩展
铁皮绝望地扭着
锈一层层迸落
世界在海上飘散

我看不见
那布满泡沫的水了
甚至看不见明天
我被雨水涂在树上
听着时间，这些时间
像吐出的树胶
充满了晶莹的痛苦
时间，那支会嘘气的枪
就在身后

听着时间，用羽毛听着
一点一点
心被碾压得很薄
我还是忽略了那个声响
只看见烟，白的
只看见鸟群升起，白的
猎狗丢开木板
死贴住风
越跑越远

1983 年 3 月

暗　示

一

如果路灯是淡绿的
黑土地上就会
生长荠菜
路灯是淡绿的
四边都是棕色的天空
是结实的
正在收拢的花瓣
蚁蜂在花心爬着
在小心地弹直后腿
蚁蜂在花心爬着
在吸食凉凉的蜜汁

二

每天这时候

我都要去接一个学生
在鲜黄的门楣下
安装电线
我安装过许多思想
安装过许多集成电路
的表情
我说：给一把钳子
把灯放低
影子在顶棚上晃着
你在不停地显现

三

经常会站得太久
集市上有画
身后有荒地
烘过的墙土迸散开来
透出饼干的香气
经常会站得太久
太阳在身后按着手印
谁在给谁
星星被选一遍

一次次在蓝胆石上
划出凹痕

四

很小的时候
我就知道
黑夜是一卷布
很小的时候我就知道
黑夜被人补过
很小的时候
我就在暗室里哭
用手摸着鞋子
红灯一阵阵发乌
白昼在摇荡别人的笑声
铁器在瓷盘中响着

五

脚印会不断出现
脚印，没有人
脚印会不断出现
在前边

在棱棱凸凸的路上
脚印出现了
有人在向前走
闸门痛苦地响着
铁锈被缓缓撕开
有人在向前走，转弯
石块上没有手帕

六

窗户外没有窗户
很好，睡神在风中走着
一个阿拉伯睡神
摸摸我的头发吧
我在发烧
摸摸我的头发吧
我在发烧
睡神在风影中走着
在尽头有一张小床
灯光已经很旧了
在尽头有一张雪白的小床

1983 年 3 月

延　伸

城市正在掘土
正在掘郊区黏湿的泥土
它需要

一队队新鲜的建筑
一队队像恐龙一样愚钝的建筑
向前看着
背上菱形的甲板
被照得很亮

城市向前看着

鸟在月亮里飞
灰色的鸟飞过月亮
那些树没有树皮
很干净
现出新婚时淡淡的光辉

那些古树
那些被太阳疯狂揉过的绿草
那些前额始终低狭的板房
蹲在那儿
始终不太高兴
不想管身后的事情

在钢铁肥厚的手掌下
在龙虾不断拨动的水沫中
是最后的花了
是最后的花了
最后的春天
紫色还那么胆小
金黄色还那么忧郁

我在想第一次亲吻

1983 年 3 月

都市留影

一

在烛火和烛火之间
亮着残忍的黎明

整个帝国都在走动
都在哗哗地踏着石子
头盔下紧收着鼻翼

二

这是一种享受
中午的风吹着尘土

筒裤向前汹涌

三

有人在涂油漆
时间滴落在地上
有人在涂黏稠的奶油

不幸有一股怪味

四

我在桥上弄鞋跟
防止道路脱落

春天在桥下
不高，唇不红
口袋里有去年的酸果

五

下桥，向后转弯
有公园
晒热的水到腿上

更衣室里没人

影子有罪
在阳光下齐齐地铲土

六

“还可以去找证人”

废水在雪地上流着
青蛙在树上大叫
青虾是一种夜晚

还找证人

星星的样子有点可怕
死亡在一边发怔

1983 年 6 月

早晨的花

一

所有花都在睡去
风一点点走近篱笆

所有花都在睡去
风一点点走近篱笆
所有花都逐渐在草坡上
睡去，风一点点走近篱笆
所有花都含着蜜水
所有细碎的叶子
都含着蜜水

二

她们用花英鸣叫
她们用花英鸣叫

她用花心鸣叫

细细的舌尖上闪着蜜水

她用花心鸣叫

蜂鸟在我耳边轻轻啄着

她用花心鸣叫

风在篱笆附近响着

远处是孩子，是泡沫的喧嚷

她用花心鸣叫

午后的影子又大又轻

她用花心鸣叫

我同时看见

她和近旁的梦幻

三

午后的影子又大又轻

早晨的花很薄

早晨的花在坡地上睡去

早晨的花很薄

被海水涂过的扇贝

也是这样，很薄
早晨的花很薄
陆地像木盆一样摇着
木盆在海上，木盆是海上的
早晨的花也是海上的

四

我不是海上的

空气中有明亮的波纹
花朵很薄

我不是海上的
早晨的花呵
我不是海上的

她们用花心唱歌
在海上，我被轻轻揉着
像叶子一样碎了
海有点甜了
我不是海上的

花在睡去，早晨在哪儿

风正一点点侧过身

穿越篱笆

1983 年 4 月

很久以来

很久以来
我就在土地上哭泣
泪水又大又甜
很久以来
我就渴望升起
长长的，像绿色植物
去缠绕黄昏的光线
很久以来
就有许多葡萄
在晨光中幸运地哭着
不能回答金太阳的诅咒
很久以来
就有洪水
就有许多洪水留下的孩子

1983 年 6 月

夜　航

那个黄颜色过道始终响着
低低的笑声

褐色的水在底舱流着
在各种管道里响着
褐色变成了水汽
很哑很哑的笑声
很哑很哑越来越重的水汽

门开了是一个人
一个人走不进来
到处涂着油漆
水星星落在脚上
到处涂着温暖绝望的油漆

我喜欢干净的水
我喜欢水的墙壁

我把手贴在墙上
温水在我脚下升起
温水闷死了一声吼叫

银色的圆的责备
我在一个地方赤裸地站着
紧紧收着两翼
锈了的铁把尖端磨光
充满光辉沉重的河水

船在远处一漂一漂
那个笑过的没人的过道

1983 年 6 月

海的图案

一

一间房子，离开了楼群
在空中独自行动
蓝幽幽的街在下边游泳
我们坐在楼板上
我们挺喜欢楼板
我们相互看着
我们挺喜欢看着

二

一个人活过
一个人在海边活过
有时很害怕
我想那海一定清凉极了
海底散放着带齿的银币

我想那一定清凉极了
椰子就喜欢海水

三

房子是木头做的
用光托住黑暗
在一束光中生活多久
是什么落在地上
你很美，像我一样
你很美，像我一样
空楼板在南方上空响着

四

从三角洲来的雷电
我被焚烧了
我无法吐出火焰
通红的树在海上漂着
我无法吐出有毒的火焰
海很蓝
海露着白白的牙齿

五

有一页书
始终没有合上
你知道，雨里有一种清香
有时，呼吸会使水加重
那银闪闪巨大的愿望
那银闪闪几乎垂落的愿望
有一页书正在合上

六

我握着你的手
你始终存在
粘满沙粒的手始终存在
太平洋上的蜂群始终存在
从这一岸到那一岸
你始终存在
风在公海上嗡嗡飞着

七

门大大开了

门撞在墙上
细小的精灵飞舞起来
蛾子在产卵后死去
外边没有人
雨在一层层记忆中走着
远处的灯把你照耀

八

我看见椰子壳在海上漂
我剖开过椰子
我渴望被海剖开
我流着新鲜洁白的汁液
我到达过一个河口
那里有鸟和背着身的石像
河神带着鸟游来游去

九

我在雨中无声地祈祷
我的爱把你环绕
我听见钟声在返回圣地

浅浅的大理石上现出花纹
浅浅的大理石的花纹
浅浅的大理石的花纹
我用生命看见

十

海就在前面
又大又白闭合的海蚌
就在床前，你没有看见
海就在我身边颤动
一千只海鸟的图案
就在我身边颤动
你没有看见那个图案

1983 年 7 月

也许，我是盲人

也许，我是盲人
我只能用声音触摸你们
我只能把诗像手掌一样张开
伸向你们
我大西洋彼岸的兄弟
红色的、淡色的、蓝色的、黑色的
我大西洋彼岸开始流泪的花朵

那声音穿越了无限空虚

1983 年 7 月

浅色的影子

浅颜色的影子在接纳秋天
夏天的鸟呢
胸衣在平台上飞着
很久，很久的风在天上
紫色的秋天
白色的鸟在光束间飞舞

现在的问题是窗子
夫人温热的透镜
花蔓像金属一样
在边缘生长
从拜占庭，从很久以前
水晶就显示了死的美丽

我们说黑夜
我们长方形的火焰和瓶子
那紫色告诉过我们什么

那节节草可以调节的钟
时间在每颗沙子里颤抖
红色的大蚂蚁叫作生命

永远不会有风
一队队尘土可以驰去
可以说，云躺在狗的床上
被抬着走
可以爱，很美的叶子
使血液充满波纹

1983 年 7 月

的确，这就是世界

的确，这就是世界
一个属于丁香花的节日
她在那儿，和同伴说话
她十九岁
身后是四月和五月

我清楚地看着她
中间是田野
我清楚地看见你最淡的发丝
紫色的暴风雨正飘过田野
漂亮的暴风雨呵

你喜欢湖泊吗
你要几个吗？松耳石的
花上有卷着薄金的纹饰
你要几个，够么
花冠散落在红胶土上

我回答过

五月、六月、七月

早晨的呼吸有点热了

那些花有点远了

我没有在世界上活过

1983 年 7 月

分　布

在大路变成小路的地方
草变成了树林

我的心荒凉得很
舌头下有一个水洼

影子从身体里流出
我是从一盏灯里来的

我把蟋蟀草伸进窗子
眼睛放在后面，手放在街上

1983 年 11 月

许多时间，像烟

有许多时间，像烟
许多烟从艾草中出发
小红眼睛们胜利地亮着
我知道这是流向天空的泪水
我知道，现在有点晚了
那些花在变成图案
在变成烛火中精制的水瓶
是有点晚，天渐渐暗下来
巨大的花伸向我们
巨大的溅满泪水的黎明
无色，无害的黑夜的泪水
我知道，他们还在说昨天
他们在说
子弹击中了铜盘
那个声音不见了，有烟
有翻卷过来的糖纸
许多失败的碎片在港口沉没

有点晚了，水在变成虚幻的尘土
没有时间的今天

在一切柔顺的梦想之上

光是一片溪水

它已小心行走了千年之久

1983 年 9 月

动物园的蛇

你从岩石中顺利地溜出
接着就丢在那儿
你被自己忘了

一小团温热的灯光
沙子、水、很脏的玻璃
一小团钨丝烘热的空气
沙子、水、玻璃上的树枝

钨丝像一个伤口微微张开
玻璃里被磨光的树枝
沙子撒落在伤口四周
沙子、水、光散布在伤口四周

光聚集在伤口周围
被堵塞了，伤口微微张开
枯枝像一片叶子

一小团温暖的伤痛

遥远的泡沫还在喧嚷
孩子的手像小吸盘一样吸着
白天和黑夜要把他带走

1983 年 10 月

小　贩

在街角
铺一张油布

四边是路

他们很灵敏
是网上蜘蛛

他们很徒劳
是网中猎物

1981 年 11 月

季节·保存黄昏和早晨

一

多少年了，我始终
在你呼吸的山谷中生活
我造了自己的房子
修了篱笆，听泉水在低语时
睡去，紫花蕊间有透明的脚爪
我感到时间
变得温顺起来
盘旋着爬上我的头顶

太阳困倦得像狮子
太阳困倦得像狮子

许多蝙蝠花的影子

那些只有在黄昏时才现出的岩石

那些岩石向我重复的话
那些溪水向我重复的话
白色的书和深深的丛林

二

我每天饮那溪水
我有一个铜瓶
我知道东方是无穷的，那么
西方也是无穷的，海水正一步步
侵入我的河口，湖滨
几千里白色的沙丘

荒凉的城上有鹰，我的小木屋装满齿轮

金色幸福的齿轮

几千里海水贴着我的面颊
小海草在不安地摇动
我每天的愿望呵
小海草在台阶边不安地摇着

你没有在圆石头上放钱币
冰的小鱼在游泳
你乌黑的眉毛俯向黎明

三

我要你眼睛里的金子
太阳的金矿
你一直在很小的岛上牧羊

红海是你的嘴唇

你一直在很小的热带岛屿上放羊
在清清楚楚的羊齿植物中间，拖着疲倦
的鞭子，太阳无法合拢的手指

为什么，我不爱你的银色的鼻线
那一公分一公分银的微笑，那清晨
红石楠下现出的美丽的深渊
永恒的夜和贝壳鸣奏着，在奉献早晨

听见空气了吗

空气赞美我从罗马来
我的脚下有矿砂，我是今天的钟神

四

锁上四边的门
我的手伸向你的气息

苍蝇和老人在街上，灼热灼热的铜
在中午发烫，中午的夜不肯移开
他的手指，在夜里深深寂寞燃烧的
火焰呵，属于尽头的黄昏

我的手在你颈边汇合
在清凉的山口的风中生长
在你光滑的峭壁上无声无息

许多许多书，石头以外的季节

我轻轻转向你

我的发丝在蜷曲的芳香中生长

秋天来了，秋天会带来许多叶子

1983 年 10 月

就在那个小村里

就在那个小村里
穿着银杏树的服装
有一个人，是我

眯起早晨的眼睛
白晃晃的沙地
更为细小的蝇壳没有损坏

周围潜伏着透明的山岭
泉水一样的风
你眼睛的湖水中没有海草

一个没有油漆的村子
在深绿的水底观看太阳
我们喜欢太阳的村庄

在你的爱恋中活着

很久才呼吸一次
远远地荒地上闪着水流

村子里有树叶飞舞
我们有一块空地
不去问命运知道的事情

1983 年 11 月

田　埂

路是这样窄么？
只是一脉田埂。

拥攘而沉默的苜蓿，
禁止并肩而行。

如果你跟我走，
就会数我的脚印；

如果我随你去，
只能看你的背影。

1980 年 6 月

路

……时间
在我的心上
缓缓碾过
破碎的薄冰下
又涌出了泥浆——
陈旧的血
我躺着，沉默着
因为我是路
命里注定
要被践踏

我受伤了
我把伤痛传给
——大地
于是，森林开始抖动
湖泊发出
低低的呻吟

那巨大笨重的山脉
也蜷缩在一起
然而，我却伸展着
沉默

我的痛苦
不会随着呼喊
像候鸟般
飞散
也不会
由于乌云的倾翻
而减轻
甚至最纯的雪
也无法
包扎和掩盖

我是路
我是一条
胶结的
无法流动的河
因为那些
重镇和新城

那些瘤的吮吸
我才
变成了
今天的形态

呵，够了
还是听北风
唱一支骗人的
歌吧！
让冰的针芒
给我纹身
我的心上
再没有绿色
几束干枯的车前草
升向天庭

1980 年 5 月

珠　贝

珠贝被抛到
沙岩上
被踏碎
痛苦而珍贵的心
被挖出
和无数心和痛苦
连在一起

童年的梦
破灭了
幻想的霓虹
布满裂纹
软弱的体躯
在潮水中溶化
尖利的仇恨
却没磨钝

也许
有一个黎明
日影
明晃晃地
又一次威吓生命
贪婪的渔人
又开始新的觅寻
它将变成
一把小小的匕首
让自卫的霞光
涂满刀锋

1979 年 10 月

化　石

因为厌恶
我长久地睡着
草木发涩的根须
把我缠绕
在捆绑中吸着血液
它们开出了
无数鲜红、紫红的花朵
赢得了主人的欢心

谁都忘记了我
我却想着它们
积水摄下了天空和飞鸟
又沿着蚯蚓的回廊
注入大地拱形的胸膛
一下下脉跳的音符
聚成蟋蟀的短歌
在所有聆听中细微地鸣响

灰蒙蒙的雾
而灰蒙蒙的雾
降下弥空的枯叶、粉尘
一层、一层，变成有毒的泥土
僵化着、霉烂着
胶结在一起
制止我的思索和呼吸
我无孔不入的幻想
我可能的报复

我在重压下微笑
叹息卑鄙的可怜
我不是火山
不能把天庭变成废墟
我只是苍白的化石
只能告诉人们
死亡是怎样开始的
又是怎样继续

我厌恶
我长久地睡着

和大大小小的种子睡在一起
只有我，不会萌发
不能用生命的影子覆盖土地
但我却永远不保证
(让恐惧和敌人分离)
我说：
我终要在地平线上醒来
把古老的星球代替

1979 年 10 月

剥开石榴

安达曼海上漂着自由
安达曼海上漂着石头
我伸出手
向上帝傻笑
我们需要一杯甜酒

每个独自醒来的时候
都可以看见如海的忧愁
贤慧的星星
像一片积雪
慢慢吞吞地在眼前漂流

就这样无止无休
最大的炼狱就是烟斗
一颗牙
几团光亮的尘末
上帝从来靠无中生有

那些光还要生活多久

柔软的手在不断祈求

彼岸的歌

是同一支歌曲

轻轻啄食过我们的宇宙

1984 年 2 月

懂事年龄

所有人都在看我
所有火焰的手指
我避开阳光，在侧柏中行走
不去看女性的夏天
红草地中绿色的砖块
大榕树一样毛森森的男人
我去食堂吃饭
木筷在那里轻轻敲着
对角形的花园
走过的孩子都含有黄金

1984 年 3 月

方　舟

你登上了，一艘必将沉没的巨轮
它将在大海的呼吸中消失
现在你还在看那面旗子
那片展开的暗色草原
海鸟在水的墓地上鸣叫
你还在金属的栏杆上玩耍
为舷梯的声音感到惊奇
它空无一人，每扇门都将被打开
直到水手舱浮起清凉的火焰

1984 年 3 月

内　画

我们居住的生命
有一个小小的瓶口
可以看看世界

鸟垂直地落进海里
可以看看蒲草的籽和玫瑰

一个世界的镜片

我们从没有到达玫瑰
或者摸摸大地的发丝

1984 年 5 月

来 源

泉水的台阶
铁链上轻轻走过森林之马

我所有的花，都从梦里出来

我的火焰
大海的青色
晴空中最强的兵

我所有的梦，都从水里出来

一节节阳光的铁链
木盒带来的空气
鱼和鸟的姿势

我低声说了声你的名字

1984 年 6 月

河　口

没有成为鸽子和花朵的人仰面躺着
那个梦想的土堆
那个梦想得到的村子

有人在山坡上种牛蒡，有人在墙上
涂水，这时他躺着不愿起来

他知道花的阴影，海星的阴影
他知道阴影就是海水
茂盛的队列赞美着向上走去

总有人要变成草原的灰烬
变成雪水流出村庄，乌鸦在枯萎
一枚枚沉重的鸟打翻了土地

总有人要变成盲人的道路，歌的道路
总有手伸向灵魂的国土

总有人在思想，脸上现出阴凉的光辉
总有树要分开空气、河水，分开大地
使生命停止呼吸，被自己的芳香包围

1984 年 7 月

水呀，真急

水呀，真急，真急，
桥墩后有几条小鱼……

它们在举行会议，
研究着前进还是退避。
太阳在桥面上走过，
带着几分醉意。

研究在不断继续，
河水在不断流去。
月牙在桥栏边停靠，
似乎要看个仔细。

水呵，真急、真急，
桥墩后有几条小鱼……

1980年3月

自　然

我喜欢一根投出的长矛
一棵树上的十万片叶子
大地密集的军队

他们在狭长的路上露出脸来
沉甸甸地晃动着鸟巢的旗帜

这就是生命失败的微妙之处

1984 年 8 月

熔　点

阳光在一定高度使人温暖
起起伏伏的钱币
将淹没那些梦幻

橘红色苦闷的砖

没有一朵花能在土地上永远漂浮
没有一只手，一只船
一种泉水的声音

没有一只鸟能躲过白天

正像，没有一个人能避免
自己
避免黑暗

1984 年 9 月

灵魂有一个孤寂的住所

灵魂有一个孤寂的住所
在那里他注视山下的暖风
他注意鲜艳的亲吻
像花朵一样摇动
像花朵一样想摆脱蜜里的昆虫
他注意到另一种脱落的叶子
到处爬着，被风吹着
随随便便露出干燥的内脏

1984 年 11 月

蝗　虫

车厢上画着陈旧的火焰
看看它机器的脸

车厢上画着陈旧的火焰
看看它脸上的时间

草被台阶切断

她微微向后看着

1985 年 6 月

木　偶

现在　他还没有开始
没有拿出枪来
对着你
你可以说话
说　你多么爱儿童
大肚皮撞撞
抱个板凳
　毛驴车
你和姐姐四下赞美
他的勇敢　像朵花
握力
像根棍子
你打开书时
他正在相册上走路

你一直不说没有说昨天的事
在草地上

他来

把脚给你

　　把手伸到下边

　说

　　我的腿　我的腿

你是一个暴行

有电的金属兰若

它们迫你走纯洁之路

所以诗是纯洁的

1989 年 4 月

许许多多时刻

许许多多时刻
有我看到的
有我想到的
有不睡午觉的孩子
告诉我的
各种形态的
像叶片一样活泼的
时刻，在风中唱歌
使天空变成一片
浅蓝色的火星
火星，浅蓝色
在梦里闪闪烁烁

我需要那些时刻
就像南方的红土地
需要榕树的根须
从空中垂落

我需要它们，需要
它们在我的身体中生长
缠绕住我的心
我的脉搏
使它永远不会干枯
不会在疲倦中散落

呵，许许多多时刻
在我生命中生长的时刻
悄悄展开了
展开了那样多细小的花瓣
展开了语言，爱和歌
它们终将要
茂盛地把我覆盖
用并不单一的绿色
代表生活

我将在绿色中消失
我将为许多美好的
时刻，美好得
像一枚枚明亮的浆果
在山地倾斜的阳光里

等待

等待着不睡午觉的

孩子们长大

长大，成为远行者

1979 年 8 月

噢，你就是那棵橘子树

噢，你就是那棵
橘子树
你曾在暴雨中哭过
在风中惊慌地叫喊
你曾在积水中
端详过自己
不知为什么，向南方伸出
疲倦的手臂
让各种颜色的鸟
落在肩上

你曾有朱红的果子
它爱过太阳
还有淡青色调皮的果核
落在群星中间
你还有
那么多完美的叶子

她们只谈论你
像是在说不曾归来的父亲
直到怀念和想象
一起，飘向土地

在最后的秋天
她们都走了
天空收下了鸟群
泥土保存着树根
一个不洗头的小伙子
和钢锯一起唱歌
唱着歌，你倒下
变得粗糙和光润
变得洁净
好像情人凉凉的面颊

你也许会
变成棺木，涂满红漆
变成一只灌满
雨水的小船
告别褪色的芦苇和岸
在最平静的痛苦中

远去。你也许
会漂很久
漂到太阳在水中熄灭
才会被青蛙们发现

你也许没有遇见
那么潮湿的命运
你只被安放在
屋子中间，反射着灯光
四周是壁毯，低语
和礼貌的大笑
在一个应当纪念的晚上
你的身上
蹦跳着
穿着舞蹈服装的喜糖

你应当记住那个晚上
记住呼吸和梦
记住欢乐是怎样
在哭喊中诞生
一只可爱的小手
开始握笔

开始让学走路的字
在纸上练习排队
开始写下
妹妹，水果和老祖父的名字

老祖父已经逝去
只有你知道
在那个蓝色的傍晚
他是怎样清扫过
和他头发一样
雪白的锯末
他细细地扫着
大扫帚又轻又软
轻轻落下，好像是
母鸵鸟遮挡幼鸟的羽毛

他扫着，注视着倒下的你
默想着第一次
见到你的时刻
那时，他可能也在
默写生字，咬着笔
看着窗外，那时

你第一次在这片

红土地上快乐地站着

叶子又细又小

充满希望

1981 年 12 月

灰　鹊

在南方的薄雾里，一个单身的城市青年，为了抢救另一个更强壮的青年，意外地在车轮下牺牲了。

他是个普通的人，他的名字也非常平凡，只为周围的同伴和近邻所知。

他是平凡的，像泥土一样；也是伟大的，像泥土一样。他的一切都像泥土般无声无息；也像泥土样永远存在。

我的诗献给他，献给他没有远去的名字……

一

你的名字
像一只被森林遗忘的鸟
始终在这片屋顶上飞翔

黄昏发出暖气

发出一种浅红的光辉
在木窗和木窗之间
烘干的衣服
颜色很淡
在人们注意天气的时候
你的名字一直飞舞

是的，你没有家了
属于你的屏幕
现在是另一种光线
一对疲倦的恋人
正在那里酣睡
正在蓝色的山谷里
东看西看

你没有家了
你的名字又怎么休息？

一个亭子间姑娘
曾让它栖落在
洁净的信纸上
然后翻开字典

查对了好几个生字
那封信
离你不到十米
(两堵墙和一条小巷的宽度)
但送信的孩子
却始终没有找到

二

一天早上
太阳没有工作
你的名字没有飞翔
它的羽毛湿了
它被许多人发现
捧在滚烫的手心里

你的名字没有飞翔
它代表的那个人
——你
死了

为了把另一个更强壮的人

从感觉的真空中救出
你死了
你的头难受地枕在石台阶上
没来得及留下微笑
那黑轮胎上的血
也没有涂匀

你死了
留下了你的名字

它被一个待业青年
认真地画在
巷口的墙上
那面墙涂得很黑
像郊野的一片夜晚

你的名字被固定在那
两个星期
像标本般一动不动
后来，雨季真的来了
那些红色的粉笔末
又变成了血液

三

也许，城市真是一个
巨大的千手佛
它的每张手
都是一只小鸟的家

你的名字不应当休息吗？
你没有留下嘱咐

也许
它并不向往远处
天空，那太远了
遥远得像不存在
只有那些大翅膀的报纸
在天气好时
才能到达

你没有告诉名字
要去结识那群候鸟

你不知道

那群候鸟的身世
不知道
它们在远处，在资料室里
要住多久
不知道一千年后
那扇狭隘的天窗
会突然爆裂

一群米色的小蛾
将闪闪烁烁

四

你没有真想过死
死了，要把生命
交给名字
缩短那条水泥的
生活的路
为了名字的存在
为了那些远离森林的眼睛
都注视片刻

你没想到
一片时刻
会像云母般脆弱

那片薄薄的时刻
碎了
你的名字却继续飞舞
继续在浅红的空气中
热爱这片屋顶
像你一样
热爱那几扇无法关好的木窗
那盏发红的路灯
那棵总在找太阳的石榴

你爱过、爱着
这就够了

虽然，电视已经开始
连环画大小的荧光屏
喷出暗蓝的新闻
人们开始呼叫：球赛
虽然，在真正的夜里

名字也会疲倦
也会和你一样
去那个幽深的地方
那个地方静得奇怪
连睡梦的路
都难以到达

五

为了明天
人们需要睡眠
但从不去问
在另一扇门后
不再有明天的人
为什么要睡得格外长久

他们睡了
就说明需要

也许仍是明天
明天，悼念将结束
黑丝绸的降落伞

将被收起
将被带针的烟囱
撕坏小小的一条

明天，大眼睛的小房子
和穿粗呢衣的大厦
都得排队
都得为搬迁的通知而苦恼

明天是个古怪的同志

他不喜欢吃牡蛎
却要撬开这片带水垢的屋顶
拔去那些发黑的木柱
他要把这些碎壳
丢到海水舔过的地方去
使一切无法恢复原状

明天将命令孩子长大

在孩子们离开的地方
在街心的沙洲上

森林耸了耸肩

繁星般密集的鸟雀

将准备歌唱

老人将转过身

缓缓地走进回忆

在白发般明亮的世界里

总有一个声音

闪耀不定

1982 年 5 月

铜色的云

你是时代的圣者
是从东方海岸升起的
铜色的云
透过空气中细碎的擦痕
你沉重地注视着
一切，沉默地爱着一切
——金红的岸，倾斜的帆
广大平原上缓缓滚动的泥土
那些村落：草的、羊毛的
黄土的、粉墙乌瓦的
那些淳朴的青年和老人
那些温热的妇女和孩子
那些不断生长
又不断收刈的生命
还有森林（像调得过浓的
色块）还有雪山——
始终清醒的思想

还有那些折光的
炫耀着无数彩虹的河流
还有那些椭圆的水库
与湖泊（只有你才能使用的镜子）
还有那荒弃的风车
潮波中悠悠翻舞的水母
还有那属于全人类的
太阳、月亮、星
还有属于季节的风……

你都注视着——
爱着、那么长久，那么坚定
终于，闪电爆发了
战栗的情感布满天空
天移位了！
冰凉的散发沾满泥水
你把泪、把血、把一切
压抑和错动的痛苦
全部泻下，不论是
南方、北方，还是风蚀的西方
土地熔化着、沸腾着
变成了液体、变成了海

固体已不复存在

万物都在流失、聚集、乞求、寻找

觅求自己的方向

非自我的神像倾倒着

失去了色彩和光轮

菌在圣殿的柱基下吹胀

灰白的麻屑飘成一片

沙子展成了扇形

只有硬木的仙兽

做作而阴沉的鸱尾

还在吓人

大陆在漂移、大陆在浮动……

爱倾尽了、尽了

你成为至纯至洁的象征

那银色飘垂的长须

轻抚着所有劳动、思维、爱情

呵，多美、多美、多美！

夜静静的，像个黑孩子

含着水果糖似的月亮

睡了，任性的手，抓着城镇

像抓着一叠发光的新币

一架古老的挂表
梦的游丝还在颤动……
樟叶的泪是鲜红的
松针的泪是细小的
梧桐没有泪，它的叶子
刚刚长出，还不懂幸福
像一小片绿星星……
当然，
下水管还在无休止的埋怨
朽坏的老草垛
还在追怀着自己的春天
但有什么呢？你的爱
早已浸透了人间
浸透了缠绕交错的根须
（强大的和细微的）
浸透了地层——整个生命的历史

我知道，在一个早晨
所有秀美的绿麦
所有形态的嘴角、叶片和花
都会渗出你稀有的笑容

1980 年 6 月

原　作

我想让声音轻点
每下都踏土
每下都踏谷穗
发芽的声音穿过纸灰

我想让声音轻点
停止吵闹和打鼓
最好躺下
把手放在腿边
一点点平睡

水
　两面微光闪耀
你喜欢些什么
　生命如水　大地如水
你喜欢些
什么　没有被风吹过

1988 年 3 月

小　旗

我们一直在歌唱
没唱完你就睡了
　　　　　　我看她身后的夜色

别人都看太阳去了
全体集合去看日出
　　　　　　　在楼梯上奔跑
　　　　　　　街边坐着
　　　　　很舒服　像在床上

谁也没注意麦子熟了

一盏灯那样照耀
追赶自己很短的影子
一辆车　一辆车

谁也没注意　她看我

别人看太阳去了

1988年4月

试　验

那个女人在草场上走着
脚边是短裙
她一生都在澄蓝的墨水中行走

她一生都在看化学教室
闪电吐出的紫色花蕊，淋湿的石块
她一生都在看灰楼板上灰色的影子

更年长者打碎了更长的夜晚

在玻璃落下去的时候，她笑
和这个人或那个人
把生活分布在四周

她点燃过男孩的火焰

1984 年 10 月

在深夜的左侧

在深夜的左侧
有一条白色的鱼
鱼被剖开过
内脏已经丢失
它有一只含胶的眼睛
那只眼睛固定了我

它说
在这深潭的下游
水十分湍急
服从魔法的钢钎
总在绝壁上跳舞
它说
所有坚强的石头
都是它的兄弟

1982 年 6 月

分　离

黑色的油污从山谷中浮起
乌鸦会飞
会带走我的羽毛

我还将留在世界上
留在熄灭的细草中间
心最后总要滚动一下
才能变成石子

我知道历史
那个圆鼓鼓的商人
收购羽毛
口袋和他一起颤动
在习惯的叹息中
走下山去

1982 年 8 月

我把刀给你们

我把刀给你们
你们这些杀害我的人
像花藏好它的刺
因为　我爱过
芳香的时间
矮人　矮子　一队队转弯的队伍
侏儒的心

因为我在河岸上劳动
白杨树一直响到尽头

再刻一些花纹　再刻一些花纹
一直等

凶手
爱
把鲜艳的死亡带来

1986 年 5 月

火　葬

苍天哪，为什么这样忧郁
年轻的海停止了呼吸？
一群群火焰跳着舞蹈
是谁在举行神圣的婚礼？

淡色的嘴唇，再不用勉强微笑
垂落的眼睫，也不用阻挡泪滴
即使整个世界都把你欺骗
死亡总还是忠心的伴侣

呵，花哭了，花哭着
雨幕关闭了人生的小戏
在那闪闪发光的天网之后
飘动着新人惨白的纱衣

1979 年 10 月

墓　床

我知道永逝降临，并不悲伤
松林中安放着我的愿望
下边有海，远看像水池
一点点跟我的是下午的阳光

人时已尽，人世很长
我在中间应当休息
走过的人说树枝低了
走过的人说树枝在长

1988 年 1 月

贞女和风

贞女拍打羊皮鼓　月亮
从两栖的小路而来
月桂　　结晶
寂静　　无星
　　敲击
落向大海　水　夜晚
拍击歌唱充满鱼群

卫士在山巅
睡去　守护英国人
　　的白色塔楼
水里的吉卜赛人
采绿松枝
为了消磨时间
盖海螺壳凉亭

没有睡觉的风

看她　　贞女
拍打羊皮鼓　月亮
　走来　就吹起
圣克利斯托瓦尔
　　巨大的裸体　潘
满是天蓝的舌头
构想风笛　甜蜜卷动
看着女孩

　　“孩子　让我举起
你的衣服　看下边蓝色的
玫瑰花　让它
开在我的老手指上”

　　贞女丢掉手鼓　恐惧
飞快逃走
风大人挥热宝剑
　　　　　　追她

　　海水粗声粗气　起来
铜锣光滑闪耀　滴当！
一声幽暗的笛子

使橄榄树变白

　　贞女跑呵　跑呵
跑　贞女还　跑
别让绿风把你抓了
看它从那边来

　　它是个金星闪耀的
怪物　它是个好色之怪
低垂的星星上
都是闪闪发光的舌头

*　*　*

贞女害怕地躲进
英国领事的房子
松塔上可以看见
他家的屋顶

三个卫士闻声
赶来　身上绕着
黑披风　　额边的

帽子压得紧紧

英国人给她
一杯温奶　一杯
她不想喝的
　杜松子酒

她哭诉着
刚才的事情
风　还在发怒
嚼屋顶页岩的石板

1993 年 3 月 4 日

回　家

我看见你的手
在阳光下遮住眼睛
我看见你的头发
被小帽子遮住
我看见你手投下的影子
在笑
你的小车子放在一边
Sam
你不认识我了
我离开你太久的时间

我离开你
是因为害怕看你
我的爱
像玻璃
是因为害怕
在台阶上你把手伸给我

说：胖
你要我带你回家

在你睡着的时候
我看见你的眼泪
你手里握着的白色的花
我打过你
你说这是调皮的爹爹
你说：胖喜欢我
你什么都知道

Sam
你不知道我现在多想你
我们隔着大海
那海水拥抱着你的小岛
岛上有树外婆
和你的玩具
我多想抱抱你
在黑夜来临的时候

Sam
我要对你说一句话

Sam 我喜欢你

这句话是只说给你的

再没有人听见

爱你，Sam

我要回家

你带我回家

你那么小

就知道了

我会回来

看你

把你一点一点举起来

Sam，你在阳光里

我也在阳光里

1993 年 9 月 3 日　于飞机上

附注　此诗是顾城最后一首抒情新诗。Sam 为顾城独子，英文名为：Samuel muer.Gu。“胖”是顾城乳名。儿子喜欢这样喊他。

附录

顾城的旧体诗

白云梦（选）

一

峰顶小店白雾中，彩光映栏绿谷深。
把酒洒地醉红花，举杯向天祝青云。
沉睡万年江海溢，舒醒双臂鸟兽惊。
忽觉人间天地小，打破苍穹落流星。

八

长滩落潮桅影斜，波光粼粼出新月。
天穹摇曳失金牛，大地回转走泥蟹。
新楼散影虚沉浮，古阁流光空明灭。
夜海万顷天渊平，梦魂沉沉不可越。

1970年1月，十三岁
火道村

步闲庭

——雾雨之中，无为之叹

秋风习习，秋雨凄凄。
我竟何故，与世迷离。
紫藤附壁，叠叠愁迹。
白草垂檐，飘飘霜须。
遥看南山，渺若天宇。
鸿雁惊飞，长歌未已。

1977 年

秋　望

古木衬余霞，平流向天涯。
长滩排大雁，远空舞乱鸦。
可叹少黄昏，可笑曾白发。
人生岂可耐，蝼蚁蛀国华。
痴梦长不得，桃源花不发。
怒而向秋水，欲效鱼潜沙。
无奈血不冷，焚心痛天下。

1975 年

愁　悟

无春自无秋，有求必有愁。
常乐推老聃，大漠走青牛。

1978 年

遥　寄

久别无片语，花影夜夜深。
碧空谁人测，皓月照白云。

1979 年

山　溪

山溪清清入寒冬，悬冰百尺得玉声。
三春伴月归故里，紫花落处无人踪。

1980 年

秋　霜

一夜园林满琼砂，杨柳葱茏飞霜下。
大梦先觉推窗处，疑是春早飞扬花。

1969 年冬，北京

吟　烛

小院空庭散微光，一秉红烛泪千行。
燃尽素心难见晓，惟余烟魂向东方。

1970 年春

读史小议

史载：匈奴为汉军所破，西迁入欧，复大败西哥特、罗马，迫其纳贡。

胡尘一入哥特西，罗马万金拜单于。
须知全欧皇太岁，却是汉关夜遁骑。

1972 年

咏古诗哲十章

屈　原

汝为屈之源，恨使四海咸，
悲心恸潮浪，浩荡满人间。

李　白

才高凌天庭，狂歌万世行，
自嫌天地小，却道山海空。

杜　甫

奔走山川寂，漂流江河空，
笔下铺金玉，无以换冷羹。

柳宗元

柳州柳千尺，愁君愁万丈，
宏愿竟如絮，茫茫散大荒。

李　贺

不喜人间语，常作神鬼言，
奇才厌俗命，小舟渡黄泉。

白 居 易

文比西湖水，情胜钱塘潮，
未洗凌霄殿，却育万顷苗。

苏　轼

炎凉变月影，兴亡催潮升，
吹渡八万里，总是大江风。

李 清 照

词若清泉洒，命如黄花消，
尘世葬千回，诗魂总轻飘。

陆　游

放翁气生虹，报国恨无门，
排律列战阵，字字金鼓鸣。

辛 弃 疾

稼轩生东海，纵马走江淮，
不当臣金陵，空负回天才。

1973 年

顾城遗书四封

爸妈姐：

人间的事总是多变的，关键是心地坦然。这岛极美，粉花碧木，想想你们要身体好，来一次多好呵。我一直在忙各种事，现在真想能在一起，忘了那些事。

人哪，多情多苦，无心无愁。天老不让我过日子，我只好写东西。现在创作达高峰，出口成章，也只是做事罢了。

我现在无奈了，英走了也罢，烨也私下与别人好，在岛上和一个小××，在德国和一个叫陈××的人。现在正在分家、离婚。她说要和陈生个娃娃。

烨许多事一直瞒我。她好心、合理，亦有计划的（地）毁灭我的生活。我在木耳的事上伤了她心，后来我爱木耳要好好过，她也不许了。她的隐情被发现，我才大悟，为什么他们一直用英文写信通电话，当面骗我。英出事后，他们就一直等我自杀，或去杀英。他们安排得好呢，等我死他们好过日子，直到被发现后亦如此，奈何。

烨也好心救过我几次，但到她隐情处，她和陈就盼我死。

陈在德在饭店从小青那邦（帮）我买过电击器和刀，让我去杀英儿。他们安排的（得）好呢。

如此，我只有走了。

老顾乡知道很多烨的隐情。

我的手稿照片，由老顾乡清理、保存；房子遗产归木耳；稿费、《英》书稿拍卖的钱寄北京的给老妈妈养老；书中现金老顾乡用于办后事。不要太伤心，人生如此。

老妈妈万万要保重。老顾乡多尽心了。

顾城 Gu Cheng

妈妈：

今天我过不得了，烨要跟别人走，木耳我也得不到。妈妈，我没法忍了，对不起。我想过回北京，但那都没法过。我死后，会有一些钱寄家里，好好过，老顾乡会回去，别省钱。

妈，我没办法，烨骗了我，她们都骗了我，还说是我不好。妈，好好的，你要能过去，我就高兴了。爹要邦（帮）老妈妈，全当我还在远方。妈，好好的，为了我最后的想念。

胖

老顾乡：

你要邦（帮）老妈妈，要把后事作（做）好，要安慰老妈妈，花光了钱也要邦（帮）助老妈妈，小事都别算了。

我从小对你凶，对不起。也就你不恨我，人人报复了我。

我的现金都归你，有四千元马克新币。我的房子归三木，也可卖掉。稿子都归你保管。要撑得住，利兹也会邦(帮)你。我是受不了了，他们得寸进尺。

好好的。有人问你，你就说，我是爱三木的。

弟 城

木耳：

你将来会读这些话，是你爸爸最后写给你的。我本来想写一本书，告诉你我为什么怕你、离开你、爱你。你妈妈要和别人走，她拆了这个家，在你爸爸悔过回头的时候，她跟了别人。

木耳，我今天最后去看你，当马给你骑，我们都开心。可是我哭了，因为我知道这是最后一次见你，别怪你爸爸，他爱你、你妈妈，他不能没有这个家再活下去。

木耳，好孩，你的日子长呢，留给你的屋子里有你爸爸画的画，124 号。你爸爸想和你妈妈和你住在那，但你妈妈拒绝。三木，我只有死了。愿你别太像我。

爸爸 顾城

附注 此四封遗书是 1993 年 10 月 8 日下午在出事现场被警察拾取，字迹缭乱，说明遗书是当时仓促写的。结合他遗书中所言，他是被逼上绝路的，他写遗书时还想着等会儿最后去看儿子木耳（三木 Sam），并为之流泪。从遗书中还可看出，谢烨是将继续在世上的。否则顾城不会要求把照片手稿等由姐姐保管，更不用点明房子等归木耳。因为如果没有了谢烨，房子等必然是木耳的，手稿等当然由姐姐保管。看来事发突然，不知谢烨最后又带给他什么打击。顾城自尽前向姐姐顾乡说“我把谢烨打了”,是有叫姐姐去救谢烨之意的。顾城离世后，谢烨被顾乡叫来的救护车又转直升飞机，越过海峡送入医院后，抢救数小时失败。顾城四封遗书于当年 12 月 22 日由新西兰警方出示并当场复印送交各方，后经中国驻新使领馆认证及国内公证。遗书上有陈××及另一男子原名及身份。第一封遗书原是写给父母的家信，后划一横线，加个“姐”字，写成了遗书。

诗话录（代后记）

苏舜（香港诗人王伟明）：从你的诗作中，我感觉到你受外国诗人的影响较深，如洛尔迦（Lorca）、惠特曼（Whitman）等。你喜欢这些外国诗人吗？是通过翻译来念他们的作品吗？

顾城：我外文不行，所以只能通过翻译来读外国诗。我爱人懂点英文，我俩有时也学着译点儿诗，这对我理解外国诗人的作品很有帮助。

确如你所说的，我受外国诗人的影响较深。我喜欢但丁、惠特曼、泰戈尔、埃利蒂斯、帕斯。其中最喜欢的还是洛尔迦和惠特曼。有一段我天天读他们的诗，把他们的诗带到梦里去，有些诗是一生读不尽的。

我喜欢外国诗有一个过程，很小的时候我就读普希金的童话诗《小飞马》。那时我不关心什么是诗，只想多知道些故事，另外再多翻到几页彩色插图。我发现惠特曼时笑了半天，我想他可真会胡言乱语。洛尔迦的诗，我们家也有，放在书柜的最下层，我把它抽出来时，看见封面上画着个死硬的大拳头，我想也没想就把它塞了回去，那个大拳头实在太没趣了。

认真开始读外国诗是在十多年后，我先读了些浪漫派的诗，感触不深，我觉得他们有些姿态是做出来的。真正使我震惊的是西班牙和它的那个语系的文学——洛尔迦、阿尔贝蒂、阿莱桑德雷、聂鲁达。他们的声音里有一种白金和乌木的气概，一种混血的热情，一种绝对精神，这声音震动了我。

我是个偏执的人，喜欢绝对。朋友在给我做过心理测验后警告我：要小心发疯。朋友说我有种堂·吉诃德式的意念，老向着一个莫名其妙的地方高喊前进。我想他是有道理的。我一直在走各种极端，一直在裁判自己。在我生命里总有锋利的剑，有变幻的长披风，有黑鸽子和圣女崇拜，我生怕学会宽恕自己。

我喜欢西班牙文学，喜欢洛尔迦，喜欢他诗中的安达露西亚，转着风旗的村庄、月亮和沙土。他的谣曲写得非常动人，他写哑孩子在露水中寻找他的声音，写得纯美至极。我喜欢洛尔迦，因为他的纯粹。

惠特曼和洛尔迦很不相同，他是开放型的，是广大博爱的诗人，他无所不在，所以不会在狭窄的道路上与人决斗。他怪样地看着人类，轻微地诅咒而更加巨大地爱着人类。他的诅咒和热爱如同阳光。对于他——惠特曼来说，对于他干草一样蓬松的胡须来说，没有什么是不可解的，没有年龄，没有什么千万年的存在之谜。那些谜轻巧得像纸团，像移动杯子一样简单——灵魂和肉体是同一的，战绩和琐事、田野和人、步枪子弹和上帝是同一的，生和死是同一的，都是从本体生长出来的草叶。

他像造物者一样驱动着它们，在其外又在其中，只要他愿意，随时能从繁杂的物象中走出来，从法规中走出来，向物化的生命显示彼岸。他说：那里是安全的。他说：宇宙自身就是一条大路，为旅行的灵魂安排的许多大路。他说：你一出生就在这条路上。他说：为了让灵魂前进，一切都让开路……一切具体的东西，艺术、宗教、政府。

惠特曼是个超验的人，他直接到达了本体，到达了那种“哲学不能超过、也不愿超过的境界”。他留给人类的不是一本诗，而是一个燃烧着无尽核能的爱的太阳。

我读惠特曼的诗很早，感应却很晚。我是个密封的人。一直到八三年的一个早上，痛苦的电流才熔化了那些铅皮，我才感到了那个更为巨大的本体——惠特曼。他的声音垂直从空中落下，敲击着我，敲击着我的每时每刻。一百年是不存在的，太平洋是不存在的，只有他——那个可望不可即的我，只有他——那个临近的清晰的永恒。我被震倒了，几乎想丢开自己，丢开那个在意象玻璃上磨花的工作。我被震动着，躺着，像琴箱上的木板。整整一天，我听着雨水滴落的声音。

那天我没有吃饭，我想：在诗的世界里，有许多不同的种族，许多伟大的行星和恒星，有不同的波，有不同的火焰。因为宿命，我们不能接近他们。我们困在一个狭小的身体里，困在时间中间。我们相信习惯的眼睛，我们视而不见，我们常常忘记要用心去观看，去注视那些只有心灵才能看到的本体。日日、月月、年年，不管你看到没有，那个你，那个人类的你都在运行，都在和那些伟大的星宿一起烧灼着宇宙的暗夜。

苏舜：除了外国诗人的作品，你喜欢哪些中国诗人的作品，你喜欢中国古诗吗？请你谈谈对传统的看法。

顾城：我喜欢古诗，喜欢刻满花纹的古建筑，喜欢殷商时代的铜器；我喜欢屈原、李白、李贺、李煜，喜欢《庄子》的气度、《三国》的恢宏无情、《红楼梦》中恍若隔世的泪水人生。

我就活在这样的空气里，我不仅喜欢读古诗，而且喜欢摹画一些送给朋友；我不仅喜欢古诗，而且喜欢在落叶中走，去默想它们那种魂天归一的境界；我常闭起眼睛，好像面对着十个太阳，让它们晒热我的血液。那风始终吹着——在萧萧落木中，在我的呼吸里，那横贯先秦、两汉、魏晋、唐宋的万里诗风；那风始终吹着，我常常变换位置来感知它们。

学习古诗，历来就有两种方法。一种是悟其神；一种是摹其形。我以为前者是大道。穿越物象才能到达本体，忘其形才能得其魂。这个道理非常简单，可惜许多死于章句的人都不这样想。他们喜欢研究服装上的纽扣，把外衣当贵宾，他们迷信古律古声，似乎唐诗是靠平仄对仗作出来的，他们的这种偏见造就了明清以来的大批诗匠，直到现在还有遗风。殊不知至人无法、大象无形，李白屈原又有多大程度上仰仗了格律呢？形式本身只应当是道路，而不应当是墙。伟大灵魂的前进本身就创造了最好的诗的形式。

我以为创新本身就是最好的继承，创新是传统的精髓，就是传统生命力最好的证明。传统在我们身上生长、挣扎、变得弯曲，最后将层层叠叠开放出来，如同花朵。

我有些相信艾略特的说法。传统不是一个单向的过程，一个对象，而是一种关系，一种能动的结构，不仅古人使今人存在，而且今人也使古人存在，他们相互吸引、排斥、印证，如同化学中的可逆式反应或者天宇间旋转的双星。

苏舜：你认为大诗人需要具备哪些条件？

顾城：我认为大诗人首先要具备的条件是灵魂，一个永远醒着，微笑而痛苦的灵魂，一个注视着酒杯、万物的反光和自身的灵魂，一个在河岸上注视着血液、思想、情感的灵魂，一个为爱驱动、与光同在的灵魂，在一层又一层物象的幻影中前进。

他无所知又全知，他无所求又尽求，他全知所以微笑，他尽求所以痛苦。

人类的电流都聚集在他身上，使他永远临近那个聚变、那个可能的工作——用一个词把生命从有限中释放出来，趋向无限；使生命永远自由地生活在他主宰的万物之中。他具有造物的力量。

除了这个最重要的条件外，无疑还需要许多其他条件，使灵魂生长和显示。需要土壤、音乐、历史、浓烈而醇美的民族之酒，需要语言，没有一种在大峡谷中发出许多回声的语言，成功是不可能的。

最后，我想还有些纯客观的条件不仅对于大诗人，而且对于小诗人也适用，就是要有食物、要有安静的空间和时间来进行他们的工作。

苏舜：你曾随父亲下放到农村去，深为大自然所影响，故你早期的诗，主题多取材于大自然。现在你回到城市，你写的诗是否也发生了变化？

顾城：是的，是有很大变化。我习惯了农村，习惯了那个黏土做成的小村子，周围是大地，像轮盘一样转动。我习惯了，我是在那里塑造成型的。我习惯了一个人向东方走、向东南方走、向西方走，我习惯了一个人随意走向任何方向。候鸟在我的头顶鸣叫、大雁在河岸上睡去，我可以想象道路，可以直接面对着太阳、风，面对着海湾一样干净的颜色。

在城里就不能这样。城里的路是规定好的，城里的一切都是规定好的。城里有许多好东西，有食物，博物馆、书，有信息，可就是没有那种感觉，没有大平原棕色的注视，没有气流变幻的《生命幻想曲》。城里人很注意别人的看法，常用时装把自己包裹起来。

我不习惯城市，可是我在其中生活着，并且写作。有时一面面墙不可避免地挤进我的诗里，使我变得沉重起来。我不能回避那些含光的小盒子和熔化古老人类的坩埚，我只有负载着他们前进，希望尽快能走出去。我很累的时候，眼前就出现了河岸的幻影——我少年时代放猪的河岸。我老在想港口不远了，我会把一切放在船上。

我相信在我的诗中，城市将消失，最后出现的是一片牧场。

1984 年 11 月